Literatur heute

ÜBER DAS BUCH:

Der Krähenbaum handelt von Kindern im Krieg. Erzählt wird aus der Perspektive eines Schülers, der mit seiner Mutter und Schwester auf ein altes Gut in Werflo bei Marburg evakuiert wurde.

Da ist Marin, der Sohn des Generals, mit seiner Geige und Gabriel, der Adoptivbruder, der mutig werden will wie sein Vater; Michael und Klein Gesa. Doch wenn diese Kinder auch vor dem Bomben-Terror in den großen Städten verschont bleiben, zu Opfern des Krieges werden auch sie, da sich die Angst der Mütter auf sie überträgt und sie Haß und Erbärmlichkeit als Folgen der Propaganda ebenso wie die Erwachsenen zu spüren bekommen. Die Krähen werden zum Symbol.

Die literarische Bedeutung dieses Romans hat der Gutachterausschuß für den Förderungspreis des Landes Bayern in folgender Weise gewürdigt: »Hier stellt sich ein originärer Erzähler vor, der eine Geschichte plausibel entwickelt und zu Ende führt, begabt mit Sprachsinn, überzeugend in der Milieu- und Naturschilderung.«

Der Krähenbaum wird für das Fernsehen verfilmt.

DER AUTOR:

Mathias Schröder, geboren 1941 in Kassel, studierte Medizin und war nach der Promotion als Arzt in USA und Spanien, als Schiffsarzt auf der MS Bohème in der Karibik. Seit 1973 lebt er als praktischer Arzt in München. Neben seinem Beruf widmet sich Schröder kontinuierlich schriftstellerischer Arbeit. Für seinen Erstlingsroman *Der Krähenbaum* (1976) erhielt er den staatlichen Förderungspreis des Landes Bayern 1977 und in Anerkennung seiner erzählerischen Qualitäten, die er auch in seinem zweiten Roman, *Linda* (1978), und in seinem Erzählungsband, *Der Sturz des Seiltänzers* (1979), unter Beweis stellte, den Förderungspreis für Literatur der Stadt München 1980.

Mathias Schröder

Der Krähenbaum

Roman

Literatur heute
Ullstein Buch Nr. 26033
im Verlag Ullstein GmbH,
Frankfurt/M – Berlin – Wien

Ungekürzte Ausgabe

Umschlagentwurf: Zembsch'
Werkstatt, München

Lizenzausgabe mit Genehmigung
des Langen-Müller Verlags,
München

Printed in Germany 1980
Gesamtherstellung: Ebner Ulm
ISBN 3 548 26033 0

Dezember 1980

CIP-Kurztitelaufnahme
der Deutschen Bibliothek

Schröder, Mathias:
Der Krähenbaum: Roman / Mathias
Schröder. – Ungekürzte Ausg. –
Frankfurt/M, Berlin, Wien: Ullstein, 1980.
([Ullstein-Bücher] Ullstein-Buch;
Nr. 26033: Literatur heute)
ISBN 3-548-26033-0

Meinem Bruder Fritz

1

Dreh dich nicht um. Jetzt glüht die Stadt und flammt unter Dämmerwolken, die nicht weiterziehn. Ich höre die Vögel. Höre diese steifen Kehllaute der Krähen wie an jedem der letzten Abende, wenn sie von den Feldern zurückkamen, hungrig, wie sie im Morgengrauen von der wilden Kirsche aufgestiegen sind. Sie umflattern die Baumkrone, driften gegen mein Fenster, tun's dem Leitvogel gleich und fallen ins Anthrazit der Äste nieder. Bald wird die Kälte ihren Hunger einfrieren. Es beginnt der nächtliche Belagerungszustand.

Frost beißt mich wach. Die Milchstraße blinkt hinter Spiralnebelgewölk. Kchrahh, krraak! Wütend taumeln sie um die Kirsche: gegeneinander versetzt, aufeinander zustoßend mit knappem Flügelschlag, dazwischen und hoch darüber warnt ihr verschärfter Schrei.

Jetzt sehe ich den Mann. Hutverschattet das Gesicht, drängt er aus hüfthohem Erlengestrüpp aufs Wiesengelände hinaus. Schritt für Schritt geht er, hinkt er, und sein linker Fuß bricht in den Schnee, während die Erinnerung springt: die Tellermine, ein Trampelpfad, dicht an der Stadtmauer, in Wurfweite vom Fluß, sie bringt zurück diesen aus Hüfte und Schulter gehievten Gang, der jetzt im

Streulicht überdeutlich wird, und stößt den Mann, der für die Dauer eines Funkenschlags noch in Ungewißheit schwebt, ins helle Gaslicht der Laterne.

»Marin!«

»Marin!«

Es klappern die Fensterscheiben. Er stapft Pulverschnee von seinen Stiefeln und verschwindet um die Straßenecke ...

Irgend etwas hat sie um ihre Träume gebracht, spottete mein Arzt kürzlich: Sie bringen kaum die Elektronik zum Zittern, ihre Hirnstromlinie bleibt dicht über Null.

Merkwürdig: Von jenem Tag an, als Gabriel, waghalsig auf der Verandenbalustrade balancierend, in die Mittagsstille hinunterschrie: »Marin! Marin! Komm mampfen, Mutter hat aufgefüllt!«, als er, Günther, einfach hocken blieb in seiner Erdmulde unter dem Schattenwurf der Platane, da prallte ein Echo aus der alten Scheune: »Marin, Marin«, und blieb an ihm haften.

Diese Ehre freilich, weil wir (Gabriel, Gesa und ich) den Namen niemals aussprachen, ohne das Wörtchen »General« voranzustellen, hätte einem anderen zugestanden. Gabriel war stolzer auf seinen Vater als Günther, der Bruder. Ein Stolz, gläubig und wortkarg, der dennoch mit Gesten versuchte, das geheime Versprechen einzulösen:

»Ich will tapfer werden und klug wie Vater« – und vielleicht noch hinzugefügt, ohne zu wissen, woher die unbenannte Angst kommt:

»Die Vorsehung möge ihn zurückkommen lassen, wenn alles vorbei ist, strahlend und siegreich, wie er ausgezogen ist vor drei Jahren.«

Damals bedeutete Krieg, was wir selber, von Türmen und Wallmauer herab, mit Eschenholzbogen und Schilfrohrpfeilen gerüstet, als Verteidiger erst, in der Attacke dann, hinaus in die von Gräben durchschnittene Flußlandschaft trugen: Indianer spielen, unter Männern und völkerweit. Und da wir Kinder mit den Weibern die Wigwams hüten, Kartoffelkäfer sammeln, Kühe melken, hinter den Sensen gefallenes Korn raffen, binden und zu Garbenhaufen stellen mußten, während auf Rußlands Prärien unsre Väter die slawischen Stämme vor sich hertrieben, waren wir auf *Volksempfänger* und auf die Erzählungen der Heimaturlauber angewiesen, denn Verwundete hatte Werflo noch nicht aufzuweisen.

Der *Menschenfreund*, unser Lokalblättchen, sparte jedoch nicht an Bildern: deutsche Landser in Schützengräben, deutsche Soldaten auf dem Vormarsch, in Panzertürmen hinter Bordgeschützen, deutsche Pilotenköpfe in Kanzeln siegreicher Jagdbomber und Nachtjäger, deutsche Pioniere im russischen Winter, splitternackt beim Schneeballen, deutsche Generäle, über Meßtischblätter gebeugt im Führerbunker, der Führer des Deutschen Reiches an der russischen Front mit deutschen Generälen – so und mit dicken schwarzen Schlagzeilen zeigte und verhieß der *Menschenfreund* nichts Geringeres als zuerst den *totalen Krieg,* bald darauf den *Endsieg*.

Wie hätten wir unsre Mütter verstehen können, die hinter den lautschluckenden, von wildem Wein umrankten Mauern des Marinschen Herrenhauses, das nicht weit vom Kirchplatz entfernt an der Hügelschräge blockte, erst ein nervöses, dann mutloses, schließlich echtes Schattendasein lebten, unbemannt, um gemeinsame Jahre betrogen, ausgezehrt von Angst, die viel zu lange schon gewährt hatte.

Zur Weihnachtszeit neunzehneinundvierzig, die ersten Bomben hatten uns nach Werflo verschlagen, brachte Schulz, der Postbote, das Telegramm:

Tapferer Soldat ... Gekämpft und gestorben ehrenvoll zum Ruhme des deutschen Vaterlandes ... Das machte meine Mutter zur Witwe und mich zur Halbwaise. Ich empfand's als Ritterschlag für die Familie. Mein Vater war richtig gestorben, von einer Granate zerfetzt, und würde nicht, wie in unsren Spielen, hinter einer Weißdornhekke urplötzlich wieder auferstehn. Er hatte den Ruhm, von dem ich träumte, auf seiner Seite:

Sie starben, damit Deutschland lebe! Und er war der Besten einer! Das schleuderte der junge Pastor, Nachfolger des alten Mahlbrincks, über die Bankreihen des Gotteshauses. Meine Mutter antwortete mit so lauten Seufzern, daß ihr dieses eindrucksvolle Echo entging; *lebe, lebe – einer, einer.* Sie schluchzte, tropfte in die dampfende Kartoffelsuppe, hinterließ Tränenspuren vor und hinter dem Besen, der den Sandstein in der Eingangshalle sauberfegen sollte, und schütterte selbst in den Nächten durch das stille Herrenhaus.

Weiber! Wie oft dachte ich das.

»Weiber!« muckte auch Gabriel auf, weil nun Frau Merlin, Gesas Mutter, von Todesahnungen zermürbt und schließlich fast besessen wurde. Denn Ende Januar zweiundvierzig hatte *Kaleun* Merlin die Tanks fluten lassen und war mit seiner Besatzung auf Tauchstation gegangen, bei Helgoland, im tückischen Atlantik, auf Feindfahrt, nur er und der Flottenstab wußten, wohin. Auch der

General ließ marschieren, seit letzten Sommer schon, von Charkow aus gegen den Don, bei Woronesch über den Strom hinweg nach Westen.

Gespräche waren verstummt in diesem Frühherbst zweiundvierzig und hatten einem Schweigen Platz gemacht, das anwuchs hinter den Basaltmauern.

Trotzdem: Für Gabriel, Marin, Gesa und mich flossen ruhig Ohm und Wohra zwischen ihren Uferbänken durch Spätsommertage aus flirrendem Licht. Uns erwartete täglich der U-Boot-Tank, angeschwemmt vor dem Schleusenrechen, mit der Blechschere aufgeknackt, mit Planken und Paddel versehen, der uns seitdem als Kanu diente. Dazu gehörten: Angelruten aus Holunderholz und so einige Sächelchen, die der General zum vergangenen Weihnachtsfest vom Ostfeldzug mitgebracht hatte.

Tribute an den Sieger, so sahen wir die Sache, Embleme der Unbesiegbarkeit.

Gabriel machte den Haupttreffer: ein russisches Kleinkaliber mit Zielfernrohr und gezogenem Lauf; Gesa bekam, was ihr zustand, was es im Deutschen Reich seit Jahren nicht mehr zu kaufen gab, was in Polen sicher auch aus Vorkriegszeiten stammte: eine Trachtenpuppe, ein blondes Polenmädchen wie im Lied:

Sie hielt 'nen Zettel in der Hand
worauf geschrieben stand
ich hab's einmal probiert
und bin krepiert!

Ja, und für mich hatte ein tschechischer Offizier herhalten müssen, genauer: sein Degen, und da ein Namenloser keine Ehre zu verlieren hat, gab ich ihm den Namen »Julinek«, Leutnant, natürlich, dem der General den Degen abgenommen hatte nach der Schlacht. Fehlte noch Marin. Wir prusteten, er aber konnte ein Staunen nicht verbergen und drehte die Zigeunergeige und strich mit seinen Fingerspitzen fast zärtlich über das gemaserte Holz.

Also war er uns gegenwärtig, der Generalleutnant Marin, auf den Fahrten, nickte anerkennend, wenn unter Gabriels Feuer eine Krickente vom Himmel trudelte und hart auf die Erde schlug, wenn Wildkarnickel über meinen Degenhieben die Todesrolle schlugen oder wenn Klein Gesa jammerte, weil ihre Puppe Wasser gezogen hatte bei einem zu heftigen Paddelschlag. Ja, manchmal wähnte ich ihn wirklich im Heck des Bootes sitzen, so, als verspürten wir alle die Entschlossenheit seiner grauen Augen wie einen Halt im Rücken, als hörten wir seine Stimme klingen, die passiv, eher einem sensiblen Ichweißnichtwie als dem befehlsgewohnten Ton eines Soldaten entsprechend war. Zweifel kannten wir kaum, und hätten wir sie gehabt, Gabriel würde sie uns ausgeredet haben. Aus keinem anderen Motiv als diesem Glauben an die Stärke des Generals, der uns ebenso unerschütterlich standhielt wie die tausend Jahre alten Mauern des Marinschen Besitzes, die, erbaut schon in grauer Vorzeit, noch jedem Ansturm standgehalten hatten, konnten wir sogar jene irritierende Erinnerung über Bord werfen.

Man stelle sich vor: einen Frühlingsabend nach Regenguß, vom Geruch der Osterglocken übersättigt. Schweigend hockten wir um den Eichentisch im Wohnzimmer, schlugen uns die Mägen voll mit Pellkartoffeln und eingebrannter Mehlschwitze, und Gesa sprach mit ihrer Puppe.

Niemand hatte das Scheppern der Glocke unten am Portal gehört. Plötzlich war er da, der General, vom unsteten Licht der Ölfunzel übergroß an die Wand gepinselt. Er stand unter den Bildern seiner Ahnen, in mausgrauem Uniformmantel, mit verblichenen Knöpfen und Sternen, mit schneeweißem Haar dort, wo einmal kastanienbraune Strähnen unter der Mütze hervorgelugt hatten. Von seinen Jochbögen straffte die Haut hinunter zum Kinn, und seine Augen wirkten glasig. Ziemlich abgerissen sah er aus und auf den Hund gekommen. Sein erster Schritt, aus der Stille heraus in ein noch tieferes Schweigen, war wie ein Griff an unsere Kehlen, als er jetzt mit halbgeöffnetem Mund, der noch immer kein Wort gesprochen hatte, seine Augen auf das ölgefärbte Lächeln seines Großvaters, des preußischen Feldmarschalls, hoch oben an der Wand richtete, den er anstarrte und vielleicht gar nicht sah.

Die Stille wurde zur Drohung. Dann hörte ich mein Herz laut in den Ohren schlagen, als nun Frau Marin mit einem Aufschrei ihm entgegensprang; bum bumm, bum bumm, und ich lauschte dem Klopfen, dachte gar nichts. »Vater«, hörte ich mich flüstern.

Selbst als seine Söhne Gabriel und Marin sich endlich dem Sessel näherten, in dem der General Zuflucht genommen hatte, blieb ich hocken im Duft der Osterglocken, der aus dem Garten durchs offne Fenster drängte, als ginge mich das alles 'nen Dreck an, beobachtete ich meine Mutter, schämte mich plötzlich nicht mehr ihrer feuchten Wimpern und wußte, daß irgend etwas in Rußlands Steppe – ich konnte es nicht benennen – mit dem General geschehen war, etwas so durch und durch Niederschmetterndes, daß er sich weigerte, es wie früher in spannende

Geschichten zu packen oder durch greifbare Geschenke zu belegen.

Gut erinnerlich ist mir die Hast, mit der wir ins Bett verfrachtet wurden gleich nach dem Essen. Keine Kissenschlacht, kein Trampolinspringen von dem hohen Eichenschrank auf Gesas Bett, noch nicht mal das zeremonielle Nachtgebet: *Vater unser, der Du bist im Himmel . . .*, das gewöhnlich mit der Bitte abschloß: *Und wende nicht Dein Angesicht von uns, beschirme unsere Brüder und Väter im fernen Rußland, halte Deinen Schild über sie, auf daß ihnen kein Leid geschehe, Amen.*

Nein, dieser Abend duldete keine Kinder in der Halle und ertrug auch nicht quengelnden Widerspruch. Das Licht schnappte weg und setzte uns der Dunkelheit aus. Es war Marin, der sie nutzte.

»Schreckliches muß geschehen sein mit Vater an der Front«, sagte er. Dann hörte ich Fäuste rammeln und wurde überrannt von Gabriels Worten:

»Judensau! Auch du willst Vater verraten, wie sie's mit Deutschland getan haben. Dafür schlag ich dir die Zähne ein«, und hörte Marin keuchen und Gabriel zur Ruhe kommen, als plötzlich Gesa in die geballte Stille hinein, vom Schrank gedämpft, über unsere Köpfe winselte. Dann rührte sich keiner mehr. Wind zerrte an den Holzgerüsten, schlug um und war davongeweht.

2

In den letzten Aprilnächten, aus Mussolinis Italien vielleicht, pfiffen die Südstürme, Wolken fetzten über die Lahnberge und rückten tiefer. Regen prasselte auf Werflos Dächer und in die Flüsse, das Wasser stieg und überstieg die Uferbänke, versickerte, stand in Lachen auf den Wiesen, stieg weiter an, weil der verdammte Regen einfach kein Aufhören fand. Als aus dieser kilometerlangen und breiten Wasserfläche nur noch Zaunspitzen und halbierte Viehunterstände mit vom Wind abgedeckten Dachgerippen hervorlugten, steckten die Bauern der Heimatfront nachts im Dorfkrug die Köpfe zusammen und begannen zu tuscheln, von einer Sintflut, die uns die Vorsehung geschickt habe, weil der Krieg nach drei ganzen Jahren noch immer kein Ende nehme.

Der General reiste ab im Standartenwagen.

»Die Festung Stalingrad werden wir nehmen, ihr Kinder. Steht euren Müttern bei, vielleicht gehen wir schweren Tagen entgegen.«

Das war sein letztes Orakel.

Da dampfte Werflo, und der Wasserspiegel vor den Dorfmauern sank, Stacheldraht umzäunte wieder, Pfosten ragten naß und schwarz, soweit die Flut sie nicht davongerissen hatte. Beinahe lautlos trieben wir in unsrem Boot die Wohra abwärts, die Mücken sirrten scharf. Gabriel kauerte im Bug, das Tesching schußbereit über den Knien. Und vielleicht waren wir dann bis zur Flußbiegung gekommen, Sonnenlicht pinselte durchs Gestrüpp, betupfte einen stehenden Mückenschwarm, brach in der feinnervigen Transparenz eines Libellenflügels, huschte über den Bootsrand und verlöschte. Das war eine Finsternis plötzlich.

Marin war nicht mit uns, so drückte sich Gesa eng an mich, als wir uns duckten, weil aus biegsamen Ästen ein Weiden-, Haselnuß- und Geißblattdschungel erwuchs, den nur der Fluß noch durchdringen konnte und alles, was in geringer Höhe auf seinen Wassern kreiselte oder schwamm.

»Aalaarrm!«

»Russischer Zerstörer achtern voraus! Luke dicht. Tanks fluten.«

Und da riß es uns um die Basaltklippen, schrappte gegen Stein, knirschte über den Grund, während Geißblatt und wilde Minze den Atem stockten, ehe das Boot hinaus unter die Zenitsonne schoß.

Ruhig zwischen Wasserrosen zog die Wohra dahin. Backbord tellerflache Wiesen, die Dreiecksformation der Kirchturmspitzen, Großseelheim und Niederklein in Armeshöhe über dem Gras, auf Daumenmaß verkürzt Madorfs Rotkupferturm am Horizont. Gabriel drehte den Kopf und grinste.

»Unbesiegbar, die deutschen Haie!«

»Spiel'n wer nu Mutter un Kind vorn auf der Bleiche?« maulte Gesa.

Das Boot aber zog voran auf der Strömung, drückte zwei laue Bugwellen und trieb ab in die Hoheitsgewässer der Oberlehrerin Brehme. Die striezte uns zweimal wöchentlich mit Gießen und Jäten in eben diesem Werfloer Schulgarten, der jetzt steuerbords in Sicht kam. Auch biegsame Haselruten mußten wir dort schneiden und pellen. Damit brachte sie fast täglich einem aus ihrer vierten Klasse die Flötentöne bei, die auch Marin und ich oft genug produziert hatten, wenn sie unbekümmert auf Fingerspitzen zielte und schlug:

»Lernen sollt ihr, büffeln«, wenn sie unser Wegzucken verschärft bestrafte und dazu schrie:

»Finger auf das Pult, ihr Feiglinge! Das deutsche Volk ist im Kriegszustand!«, weiterschlug auf Handrücken, Handgelenk, Unterarm und dann würdevoll die Bestrafung abschloß:

»Nicht Waschlappen will der Führer, sondern mutige junge Männer! Und die mache ich aus euch!«

In diesem Schulgarten glitzerten aufgebockte Gewächshausscheiben, unter denen deutsche Radieschen und Salatköpfe wachsen sollten. Gabriels Augen leuchteten pfiffig, als er zwischen die gespreizten Beine griff, mit der linken Hand den Tankboden abtastete und sie schließlich emportauchen ließ. Da kapierte ich. Mit kurzen Paddelschlägen war das Boot im Uferschlamm aufgesetzt, und ich schlang die Leine um einen Armvoll Schilf.

»Wer macht den Anfang?«

Ich schnappte nach dem Leinensäckchen. Da fischte er den ersten heraus, einen geschliffenen Feuerstein, ließ ihn in die Luft steigen, fing ihn auf, wiederholte das Spielchen und hielt ihn dann pinnig Gesa hin.

»Du, mein Engelchen, machst den Anfang! Mitgehangen – mitgefangen!«

Der erste Kies zog eine mickrige Kurve über die Uferböschung hinweg und pladderte, von Mädchenhand verschwendet, auf den Glasdeckel des vordersten Kastens. Danach ging alles furchtbar schnell. Wir rafften Steine, und das Boot zerrte heckwärts ungestüm am Schilf, während die Dschin-Dschins sich anfangs mit dem Geklirr unsrer scharf angesetzten Würfe abwechselten, dann einfach untergingen in der immer schnelleren Folge harter, flacher Schußserien. Ein Maschinengewehr hätte die Stille nicht besser zerhämmert.

»Und wenn sie nun morgen früh in der Volkskunde einfach brüllt: ›Gabriel! Ralph! Raustreten und Fingerspitzen auf die Bank‹«, sagte ich lauernd.

»Dann trittst du vor und antwortest: ›Frau Oberlehrerin, es waren die Judensäue von Rengersloch!‹« Gabriels Nasenflügel wurden mehlig, »›und wenn sie nicht so gottverdammich schnell gewesen wären, hätten wir sie am Tatort noch erwischt.‹«

»Wenn die mal noch da wären!« erinnerte ich, denn die Schulbänke von Pinkus, Samuel und Balthasar waren schon vor zwei Jahren leer geworden:

»Unentschuldigtes Fehlen«, hatte die Brehme ins Klassenbuch geschrieben, kurz darauf alle drei Namen gelöscht, und es hieß:

»Volksverräter, haben sich bei Nacht und Nebel ins Ausland abgesetzt.«

»Schau mal!« In Wurfweite, quer durch den Schebitzschen Futterklee, voran Pitter Ficke, Sohn des Gemischtwarenhändlers *Unterm Groth*, der kommandierte:

»Eins, zwei, eins, zwei!« zog Werflos Rotte in Uniformen. Braune Hemdchen, Hosenröhren bis dicht übers Knie, die schwarzweißroten Hakenkreuzbinden am Arm und an den schweren Koppelriemen das, was sich Gabriel, ich weiß nicht wie, schon vor einem Jahr verschafft hatte, vielleicht, weil seine Wünsche diesen kümmerlichen zehn Lebensjahren vorauseilten und den HJ-Dolch als Zeichen einer geheimen Mitgliedschaft ansahen. Denn aufs Jungvolk Werflos sah er mit Verachtung herab.

»Eins, zwei, eins, zwei!«

Leider dröhnten die Stiefel nicht im weichen Klee.

»Links, rechts, links, rechts!«

Aber Schultern und Köpfe wippten auf und nieder: »Ein Lied!«

Und die vertrauten Töne klangen zur Wohra herüber, auf deren Wassern Gabriel zum Paddel griff, um den Strömungswiderstand zu erhöhen.

Die Fahne hoch,
die Reihen dicht geschlossen
SA marschiert mit ruhig festem Schritt
Kameraden, die Rotfront und Reaktion erschossen
Marschiern im Geist in unsern Reihen mit.

»Heil Hitler!« brüllte Gabriel aus Trichterhänden und schwenkte das Tesching. Die Rottenköpfe ruckten flußwärts. Ein Wildentenpärchen schreckte aus dem Uferschilf, schlenzte Wasser, hob ab und steuerte im Schrägflug gegen die Wiesen.

Die Straße frei den braunen Bataillonen

Gabriel riß das Tesching an die Schulter,
Die Straße frei dem Sturmabteilungsmann
Der Lauf beschrieb eine Spiralbewegung,
Es schaun aufs Hakenkreuz voll Hoffnung schon Millionen!

Das russische Kleinkaliber bellte, ich sah die Krickente im Pfeilflug zucken, ihre Schwingen an den Körper ziehen, der vom Himmel hoch zwischen die Rotte niederschlug. Ein astreiner Schuß! Pitter schwengelte die Faust. Gabriel ließ erneut die Hände zum Trichter werden und brüllte hinüber:

Der Tag für Freiheit und für Brot bricht an!

3

Marin, wie so oft, saß nicht mit uns im Boot. Er war einfach anders als ich oder andere Zehnjährige zwischen Werflos Mauern. Er hing an seiner Geige, die Violine klebte auf Schritt und Tritt an ihm. Damals dachte ich:

Marin ist aus der Art geschlagen, manchmal also fällt der Apfel weit vom Stamm, und so dachte wohl auch Gabriel, als er ihn mit dem Nachnamen des Vaters gleichsam nottaufte.

Rückblickend will ich ihm eine Mischung aus Gutmütigkeit, Sorge und Spott zugestehen, wenn er beharrlich dabei blieb und fragte, als wir an den Gärten vorbei gen Bahn- und Flußbrücke am Dorfausgang trieben:

»Wo, zur Hölle, ist eigentlich Marin? Nichts als Geigen hat er im Kopf und läßt uns die Arbeit tun!«

An einem Büschel Weidenäste zog er das Boot in die Stromstille einer Bucht.

»Gesa, wo kommen die Babys her?«

Sie blickte stumm.

»Doofkopp!«

»Bin kein Doofkopp!«

»Und die Froschschenkel der Marie und der nackte Hintern vom Vetter Schorsch?«

»Laß mich!«

»Aber geguckt haste und geflüstert ›Gabriel, schau nur, wie der rauf und runter wippt, was machen die denn bloß?‹!«

Der Tank schwankte und faßte Wohrawasser, als wir nacheinander ins Zittergras der Uferböschung sprangen. Beschirmt von Astgelb und Blattgrün der trauernden Weide, hatte Gabriel die vergammelte Manchesterhose auf die Knöchel heruntergestreift, die Schwierigkeiten mit dem Unterhosenschlitz überwunden und hatte ihn auf der Innenhand liegen. Ich konnte nicht zurückstehen.

Der Fluß plätscherte locker und spannte die Bootsleine. Aus der knallenden Hitze heraus hörten wir die Heuschrecken, spürten, wie ihre Hinterbeine unsre Nerven sägten und wie es plötzlich in einem Punkt juckend und zuckend zusammen sich ballte. Da sagte Gesa:

»Guck doch, Gabriel, deiner bewegt sich ja!« und grapschte danach. Mir zog's die Gurgel eng, es schlossen und streckten sich meine Finger, unerbittlich kratzten die Hüpfer, und ich hörte Gesas Stimmchen aus dieser hitzeflirrenden Monotonie:

»Darf ich mal streicheln?« und machte Trockenübungen.

»Guck nur, wie der immer größer wird«, rief Gesa, »und ist wie 'ne Zwiebel mit Häuten. Du kannst sie ganz abschieben!«

Und da geschah, was ich zum zweitenmal in meinem Leben wahrnahm, was mich denken ließ:

Gottogott, was ist 'n das für 'n komischer Rüssel? Entweder ich hab 'nen Kranken oder Gabriel ist nicht ganz normal. Mir fiel plötzlich ein, wonach ich suchte:

»Jesus, du hast ’nen Pimmel wie Pinkus Schierbaum! Ist ja ’n richtiger Judenpimmel!«

Da verstummten die Heuschrecken, und der Anprall seines Kopfes warf mich hintüber. Weg kippte der Fluß, das Boot schlingerte nicht mehr. Zwischen den Ästen sah ich ein Stückchen Himmelblau, dicht über meinen Augen zitterte das reife Gras, gegen mich rückte ein Schatten, dann zwei ausgebeutelte Hosenbeine aus schwarzem Cord, und ich sah Fäuste mit weißen Knöcheln, daneben den Griff seines HJ-Dolches. Ich wagte nicht aufzublikken. Dann hörte ich Gesas Stimmchen: »Bitte, Gabriel, laß ihn«, und er atmete aus, Körper und Schatten drehten ab.

Gabriel hatte ihn zuerst erspürt. Nicht weil wir etwas gehört hätten, sondern weil er schon eine Zeitlang dort gestanden haben mußte, unbeweglich und wortlos, ein großes Kinderauge hinter durchbrochenem Grün. Gesa schrie:

»Marin, was haste mich erschreckt!«

Eine Hand stieß durch die Blätter, an der baumelten Geige und Bogen, Marin trat in den Schatten, und seine Augen dunkelten nach im Staublicht der Weide.

»Was ’n los mit dir? Schleicher!«

Noch immer hielt Marin das Instrument weit von sich, so etwa, wie Joschi Kuhnke, unser großer Freund, einst die Monstranz zu halten pflegte vor dem Altar, ehe ihn in Frankreich eine Kugel traf.

4

Wenn ich mir den damals achtjährigen Marin vorzustellen suche, dann erscheint es heute noch unglaublicher, wie schnell er sich auf seiner Geige (wir nannten's Wimmerholz) zurechtgefunden hat. Zart von Wuchs, gezeichnet von Anfälligkeit, die ihn unfähig machte, ein gleichwertiger Kumpan zu sein, war es ausgerechnet er, der uns, den Stärkeren, vorlebte, was wir an seinem Vater, dem General, nicht genug bewundern konnten: ruhige, beständige Leidenschaft. Für seine Sache, für Musik und Violine. Es war und blieb unbegreiflich, mit welcher Entschiedenheit er allem trotzte, was uns in Atem hielt: Gefangenentransporte, Russen, Tschechen, Polen, die zerlumpt in langen Reihen vom Klinkerbahnhof zum Lager in den Roten Grund marschierten, auch die Fronturlauber interessierten ihn nicht, noch weniger die Glutsonne im Mittagszenit, wenn er nach dem Essen vom Tisch aufstand, den verbeulten Geigenkasten ergriff, in den Keller hinunterstieg, weil unsren Müttern nach Musik nicht zumute war, dort sorgfältig sein Instrument stimmte und oft bis zum Abendessen nicht mehr zu sehen, wohl aber zu hören war. Mit Tonleitern fing es an, später klangen die ersten Etüden aus dem Kellerfenster empor, wieder einige Wochen danach hatte er sich einen Stapel dickleibiger Notenbände organisiert und in den Keller geschleppt und begann nun, als wäre das folgerichtig, die ersten Konzerte zu studieren: Vivaldi, Haydn und Mozarts *Kleine Nachtmusik*. Und er spielte sie so gut, daß unsre Mütter gelegentlich an späten Nachmittagen unweit des Kellerfensters am steinernen Gartentisch saßen, seinem Spiel zuhörten oder gar mitsummten. Hoffnungen und Ängste, zu oft schon mit Worten genannt, waren längst anheimgefallen dem zersetzenden Schweigen. Und wenn eine der Frauen mal die Beherrschung verlor und im Beisein der anderen wie zu sich selbst halblaut sagte:

»Mein Gott, was gäb ich, wenn ich wüßte, daß mein Mann noch lebt ...«, wenn diese Laute zwischen Sandsteinmauern hallten und verhallten, dann schauten sie sich schweigend an, dachten an Atlantik, Ostsee und Rußlands Steppen, und meine Mutter seufzte vielleicht und dachte an das Soldatengrab.

In solchen Stunden gelang es Marin, Todesfurcht und Todesnähe mit Bogenstrichen zu bannen. Ich seh dich nicht, ich hör dich nicht, war es dies zusammen und darüber hinaus feinnervige Katastrophenwitterung bereits, die ihn späterhin zu jenem bitteren Geständnis veranlaßt haben mag:

»Für mich ist die Zeit viel zu früh stehengeblieben damals, ich mußte meine Kraft verbrauchen, und ich habe sie in Tönen verbraucht, der Rest war Teilnahmslosigkeit!«

Mir waren solche Spekulationen schnurz, als wir an jenem Sommernachmittag im Zittergras am Wohraufer lagen. Marin fiedelte. Und er sah uns nicht, weil seine Augen geschlossen waren, aber er lächelte, vielleicht weil er spürte, daß wir gebannt waren von den Klängen, die sein Bogen federnd aus der Geige zog, die uns einkreisten, wehrlos machten und unwiderruflich davon waren. Erst als er unvermittelt abbrach, mit flottem Strich ein Soldatenliedchen anstimmte, war der Zauber gewichen. Gabriel summte mit, spuckte den zerkauten Strohhalm aus und fiel in den Text ein, krächzend:

». . . steht 'ne Laterne, und steht sie noch davor.
Ja wenn sich die weißen Nebel drehn
und wir unter der Laterne stehn . . .«

Abrupt verstummte die Geige. Alle hörten wir den schneidenden Mahnruf der Trompete, der vom Roten Grund lerchenhoch unter die geneigten Sonnenstrahlen aufstieg. Der Wind schlug um, und wir hörten die Motorräder der SS-Wachmannschaft aus dem Rengersloch kommen. Dann sahen wir sie: zuerst die geschulterten Läufe der Schnellfeuergewehre, Schirmmützen, die rußschwarzen Uniformen, den Auspuffdreck über verdörrtem Gras und dahinter Staub, der hochwirbelte und sich grau und lautlos auf Gesichter legte, die eng gepfercht auf den beiden Leiterwagen hockten: Kinder, Frauen, Männer – Gefangene, Verräter und Heckenschützen.

Hundert Meter flußabwärts rumpelte der Zug über die Wohrabrücke, zockelte an der zerfallenen Pumpstation vorbei und verschwand hinter dichtem Erlengestrüpp, das wild und unbeschnitten bis zum Roten Grund hinunter und herauf wuchs und abbrach vor einem breiten Streifen gepflügter Erde. In den Abendstunden klangen fremdartige Lieder zum Flußufer herüber. Auch Schreie hatten wir gehört, Hundegekläff und Schüsse zwischen den Barakken, die grün getüncht, nur von der hohen Eiche auf Vetter Schorschs Wiese für uns gut sichtbar, wie die Behausungen Aussätziger im Mittelpunkt einer unsichtbaren Bannmeile, einer sichtbaren Sperrzone standen zwischen vier Wachtürmen und einem Doppelverhau aus Stacheldraht.

»Da! Da! Da!«

Gabriel war aufgesprungen und zeigte auf Staubwolken und -wölkchen, die aus allen Richtungen der Windrose über dem Roten Grund verschmolzen zu einem Staubpilz, der vor der Sonne stand.

»Feindliche Einheiten gesichtet mit Zugrichtung auf die Festung Stalingrad von Norden, Süden, Ost und West, Herr General!« meldete Gabriel erschöpft.

Marin lachte und intonierte den Radetzkymarsch.

Langsam verzog sich der Staub und legte sich lautlos auf die Feldwege nieder, von denen er aufgestiegen war.

»Drittes Panzerregiment durchstößt Feindumklammerung am rechten Flügel!« befahl Gabriel. »Marschgeschwindigkeit: fünfzig Stundenkilometer, Richtung: Südsüdost über Vetter Schorschs Wiese!«

»Wer den Klee umtrampelt, kriegt 'nen Arschvoll!« sagte ich.

»Klappe«, brüllte er zurück.

»Ich will nich Krieg spieln«, muckte Gesa.

»Und ich mach die Musik dazu«, setzte Marin nach, »ich bin die Kapelle!«

»Ins Wasser tunk ich's, dein Wimmerholz! Alles klar?!«

Gabriel sagte nun nicht: »Ich bin der General.« Er reichte mir wortlos sein Tesching mit sechs Patronen und gürtete sich meinen Degen um, der ihn als Oberbefehlshaber auswies. Dann verschwand er in den Erlen. Und wir wußten: Jetzt holt er die Granaten.

Diese beiden Handgranaten, die der alte Klemm, Stallknecht seines Onkels, vor drei Wochen im Gras gefunden hatte, oben auf der *Röthe*, am Rand des Truppenübungsplatzes. Die er entdeckt hatte mit seinen Jägeraugen, die groß und ernst blickten, als er Gabriel im Karnickelgriff am Kragen packen mußte. Zurück auf den Trampelpfad zog er ihn.

»Laß die man läen, min Jong. Is nischt for kleene Kinner, weil se könn furchtbares Unheel anrichte!«

Und schickte uns dann mit den sechs schwarzweiß gescheckten Kühen die Landstraße hinunter in die Dämmerung und tauchte am Kepplerschen Hof unvermittelt zwischen den prallgefüllten Tieren wieder auf. Die Abendluft zerriß er mit der Peitschenschnur. Wir hatten indessen kräftig angezapft, vom Euter in den Blecheimer, wie wir das jeden Abend taten, nicht zuviel, nicht zuwenig, stripp, strapp, stroll, ohne daß er davon Notiz zu nehmen schien oder auch nur ein Wörtchen der sparsamen Tante gegenüber fallenließ. Vielleicht, weil wir nicht nur Gleiches mit Gleichem vergalten, sondern ihm darüber hinaus noch halfen, die gut getarnten Drahtschlingen nachzusehen, in denen Hasen, nicht allzu selten auch feiste Rehe, verendet waren. Und so hatte er sich an jenem Abend kaum Mühe gegeben, die beiden ausgebuchteten Seitentaschen seiner Stalljacke zu verbergen, als er zurückkam. Dachte vielleicht auch: Was wissen die Jungs schon von Wehrzersetzung oder einer Handgranate, ohne damit zu rechnen, daß Gabriel wirklich eine Menge davon verstand und ihm mit Vorbedacht, knöcheltief im Kuhmist, zur Hand ging beim

Anketten und Melken der Tiere, die Sprache aufs Angeln und Jagen brachte, den Schwalbennachwuchs über der Stalltür hinzuzog, weil er wußte, das liebt der alte Klemm, das lullt ihn ein und entschärft seine Wachsamkeit. Und als dann tatsächlich der Alte den Türriegel geräuschvoll zuwuchtete und die Jacke wie gewöhnlich innen an dem rostigen Nagel baumelte, zögerte Gabriel nicht eine Stunde, das Vertrauen zu brechen, das Klemm in ihn und uns gesetzt haben mag. Denn Gabriel glaubte und sprach's auch aus:

»Nun kann ich ihm näherkommen, meinem Vater, dem General, wenn ich selbst den Granatsplittern ausgesetzt bin, als stünde ich an seiner Seite.«

Und er nahm nicht nur die Granaten, er klaute die ganze Jacke nebst Mistgabel und einem Paar ausgelatschter Gummistiefel und versenkte sie in die Wohra. Die Handgranaten verbarg er unter den Erlen, wohin er jetzt verschwunden war, drei Wochen später, um sie hervorzuholen und einen Traum Wirklichkeit werden zu lassen. Nicht schlecht hatte er geflucht am nächsten Morgen, der Alte:

»Jarnescht is mähr secher in diesem jottgestraften Land, weil se eim klaun tun alles, selbs die Jopp noch vom Leib wech, de Pollacke, de varfluchte!«

Seine Worte also meinten Bollek, Kriegsgefangenen und Zwangsarbeiter auf dem Hof. Doch die Durchsuchung der Spinde und Kammer konnte nichts beweisen, und des alten Klemms Blicke wurden nachdenklich und trafen uns.

»Ich hau ab«, sagte Marin gelangweilt, »ich verzieh mich in meinen Keller! Kommste mit, Gesa?«

Doch die wollte nicht. Klein Gesa trippelte an den Erlensaum, lief ein Stück weit das Wohraufer entlang und rief:

»Wann kommter denn? Wo isser denn? Wie wird das rummsen!«

»Wenn's jemand rauskriegt?« warf Marin ein.

»Gabriel ist schlau, auf den kannst du dich verlassen!« verteidigte ich.

Und kichernd drang's aus den Erlen:

»Das kannst du laut sagen. Wer sich auf mich verläßt, is nie verlassen! Kein Aas zu sehen, weit und breit! Los geht's!«

»Gut, ich bin die Kapelle«, sagte wieder Marin und störte mich, weil ich unentwegt auf Gabriels Arme geblickt hatte, die nicht wie sonst in die Hüften gestemmt oder ins Koppel gestützt waren, sondern scharf gewinkelt, in Brusthöhe, hinter seinem Rücken verschwanden. Ich wußte: Da in seinen Händen hat er nun die beiden Granaten, dachte: Besitzt sie schon zwanzig verdammte Tage lang, ohne sie herzuzeigen, ohne davon zu sprechen. Gehütet hat er sie wie Augäpfel, um ein einziges Mal so etwas Ähnliches sein zu können wie ein richtiger Soldat, und ich sagte laut:

»Zeig doch mal her, die beiden Dinger, ich würd sie gern mal anfassen!« und brach ab, als seine linke Hand blitzschnell nach vorn zuckte und ungefähr dort verhielt, wo eben noch meine Brust gewesen war. Da lag sie auf seiner Handfläche: oval, gut apfelgroß, schwarz wie ein Stück Kohle, und Gabriel sagte lässig:

»Na, willste sie mal nehmen?«

Mit Entsetzen nahm ich den Ruck wahr, der die Granate hochschnellte, die einen Herzschlag lang, dicht über meinem Kopf, in der Luft zu stehen schien. Ich hechtete ins Buschwerk und mußte sein Lachen ertragen, als er sie auffing und, immer noch grinsend, Marin anbot. Dann pirschten wir in Einerreihe am Flußufer entlang. Spitze Schatten hinter uns im Sand, Faulholzmoder und Fischlaich im Atemwind, Wind, Wind, Wind! Mein Herz klopfte. Am liebsten wäre ich losgerannt. An der Wohraschleife scherte Gabriel nach links. Und sicher dachte er an Sieg, an diesen einen Sieg, der alle Schlachten des Vaters in Polen, Frankreich und zuletzt in Rußland übertreffen und krönen sollte: der Ruhm dem Sieger, der Sieg fürs deutsche Vaterland!

Heiß wurde mir, die Erregung wuchs, ich dachte an meinen gefallenen Vater, an die Ängste der Frauen, umklammerte das Gewehr wütend und schrie plötzlich:

»Denen werden wir's zeigen, den russischen Menschenfressern!« und dachte nicht: Warum hast du so geschrien.

Ich sah nur den dottergelben Ginster in der heißen Luft, sah die tiefblauen Schlagschatten der Lahnberge, dachte: *Stalingrad,* floh mit den Blicken über das Blumenfeld, streifte die Ruine der stillgelegten Pumpstation und prallte gegen den Glutball der Sonne: Flirrende Lichtkugeln sausten mir entgegen. Geblendet taumelte ich und hörte mich flüstern:

»Krieg«, und dachte: Zu Haus solltest du sein.

Aber die beiden Eisendinger stießen mich vorwärts. Da war der Mauerzacken der Pumpstation, knappe fünfundzwanzig Meter vor meinen Augen, daneben das Wasserbecken mit rostbrauner Brühe. Gabriel schwang den Degen und kommandierte:

»Geschütz richten!«

Ich riß das Gewehr hoch.

»Feuer!«

Zwei Kugeln klatschten an die Wand. Mörtelscholle kippte und verschwand im Gestrüpp.

»Volltreffer!« rief Gabriel.

Dann hatte er die eine Granate in der Hand. Und in die Stille hinein, die nun folgte, als er das Kettchen riß und leise zählte:

»Ein-und-zwanzig, zwei-und-zwanzig«, hörte ich Marin wild fiedeln, sah sein verzerrtes Gesicht, daneben Gesas Kinderblick, sah wieder die Hand und Gabriels Oberkörper, der kraftvoll nach vorne oben schwang, während das schwarze Eisending durch die Luft gegen die Mauer flog und nichts geschah.

»Süßer Heiland, 'ne Fehlzünder!« hörte ich Gabriel fluchen. »Sabotage! Wehrzersetzung!«

Und wieder fiedelte die Geige wild, zum zweiten Male war er hochgelascht, der Arm mit dem eisernen Apfel, während Blitz, während Donner den Abend zerrissen hatten und im Fallen Äste über mein Gesicht ratschten. Staub um die Ruine. Ein Schemen in meinen Pupillen, ein geschwungener Degen, den Staub zerschneidend, alles unwirklich und viel zu langsam. Blut hämmert in meinen Ohren, dann tastet das Bewußtsein herbei und pumpt, während die Sprache noch verloren ist, erste Gedanken in mein Hirn:

Vater, Vater ... du bist richtig tot ..., und noch immer sehe ich das hoch aufspritzende Wasser, die Mauer, die im Staub gegen uns zu stürzen scheint. Jetzt drehe ich den Kopf, und da steht Marin: Geige angesetzt, Bogen auf den

Saiten, sein Mienenspiel ganz und gar beherrscht von einer Geste ungeheueren Erstaunens. Und da rief Gabriel:

»Feiglinge! Ist euch der Schiß im Hintern eingefroren?!«

Er stand mit erhobenem Degen stolz auf der Grundmauer der alten Pumpstation inmitten der Ginsterblüte und rief:

»Sieg Heil! Stalingrad ist unser!«

5

In jenem Jahr (zweiundvierzig), erinnre ich, daß die Natur den Herbst überging. Pflanzen und Blumen verdörrten, ohne ihre Früchte auszutragen, auf der Höhe des Glutsommers und starben vorzeitig weg. Noch sehe ich am letzten Sonnentag träge über die Bergketten hin unsre Flugzeuge gegen Werflo ziehen, hinein ins ungetrübte Blau, sehe Lichtblitze von ihren Flanken schießen, Kondensstreifen den Raum markieren, abknicken, nach Osten wie leere Himmelsstraßen. Grau wird die Erinnerung dann: dunkelgrau bis wolkenschwarz. Nieslige Tage im längst verwilderten Garten des Herrenhauses. Zahllose Stunden in klammen Zimmern und die fade Kost der morgendlichen Schulunterweisung, mehrere Klassen in einen Raum gepfercht. Judenschule nannten wir das verächtlich. Noch immer schlug die Brehme auf Fingerspitzen, in den Schulgarten jedoch ging keiner mehr. Noch immer grüßte sie mit »Heil Hitler« und überschrie die ungenierten Stimmen der älteren Jahrgänge, die Kriegsberichte vorlasen und kommentierten mit den gewohnten Parolen:

»Die arische Rasse ist eine überlegene Rasse, deswegen ist unser Kampf ein gerechter Kampf, und die deutschen Helden werden siegen!«

Oder sie las vor aus einer Führerrede:

»Mister Churchill hat es soeben wieder erklärt, daß er den Krieg will. Er hat nun vor etwa sechs Wochen in dem Raum begonnen, in dem er anscheinend glaubt, besonders stark zu sein, nämlich im Luftkrieg gegen die Zivilbevölkerung.

Ich habe bisher kaum darauf antworten lassen. Aber das soll nicht bedeuten, daß dies die einzige Antwort ist oder bleiben wird.

Ich bin mir nun darüber im klaren, daß aus dieser unsrer einmal kommenden Antwort namenloses Leid und Unglück über die Menschen hereinbrechen wird!

Herr Churchill sollte mir dieses Mal vielleicht ausnahmsweise glauben, wenn ich als Prophet jetzt folgendes ausspreche:« – Die Brehme ließ einen langen Blick über die Köpfe schweifen, und ihr Körper wurde steif und starr:

»Es wird dadurch ein großes Weltreich zerstört werden. Ein Weltreich, das zu vernichten oder auch nur zu beschädigen niemals meine Absicht war. Allein, ich bin mir darüber im klaren, daß die Fortführung dieses Kampfes nur mit der vollständigen Zertrümmerung eines der beiden Kämpfenden enden wird. Mister Churchill mag glauben, daß dies Deutschland ist. Ich aber weiß, es wird England sein.«

Wenn dann Dieter Flimm, Sohn des Ortsgruppenleiters, seinem Hintermann ein Faß Tinte in den Kragen goß und der sich nicht zu wehren traute, wenn die Brehme tränenblind und schamlos vor den Klassen stand, dann glühten auch Gabriels Augen, so als lauschte er nach innen, einem Schwarm summender Träume in seinem Hirn, die zwischen Pumpstation und den neuesten Nachrichten über Stalingrad hin und her wechselten, ihn stolz machten, unnahbar wie kaum zuvor.

Auch Marin hatte sich gewandelt. In der Schule, bemerkbar nur dem, der seine Augen gezielt rückwärts oder seitwärts richtete, auf den Fensterplatz der hinteren linken Bankreihe, war er uns, die wir zusammen lebten, um so gegenwärtiger. Sein Geigenspiel war wie von selbst einer frühen Vollendung nahegekommen.

Und eines Abends, im eiskalten Schlafzimmer, kaum hatten wir uns warmgezittert unter den Federbetten, konnte Marin es nicht lassen. Aus der Dunkelheit heraus drang seine Stimme gekünstelt und schwer:

Vereinsamt
Friedrich Nietzsche

Die Krähen schrein
Und ziehen schwirren Flugs zur Stadt:
Bald wird es schnein –
Wohl dem, der jetzt noch – Heimat hat.

Nun stehst du starr
Schaust rückwärts, ach! Wie lange schon!
Was bist du Narr
Vor Winters in die Welt entflohn?

Die Welt – ein Tor
Zu tausend Wüsten – stumm und kalt!
Wer das verlor,
Was du verlorst, macht nirgends halt!

»Halt die Klappe«, brummte Gabriel, »mich fröstelt!«

»Weiter, weiter, wie geht's weiter?« rief ich.

Und erneut tönte die Dunkelheit:

Nun stehst du bleich,
Zur Winter-Wanderschaft verflucht,
Dem Rauche gleich,
Der stets nach kältern Himmeln sucht.

Flieg, Vogel schnarr,
Dein Lied im Wüstenvogel-Ton!
Versteck, du Narr,
Dein Herz in Eis und Hohn!

Die Krähen schrein
Und ziehen schwirren Flugs zur Stadt:
– bald wird es schnein.

»Psst! Horch mal!«

Gabriel war zum Fenster getreten und hatte den Vorhang gelupft. Und da hörten auch wir:

»Ratatatatta tack tack tack!« Schüsse, kurz darauf das überschnappende Kläffen der Hunde.

»Da hat's wieder einer versucht!« lachte Gabriel. »Der Rote Grund ist taghell erleuchtet!«

Und jetz sah auch ich zwischen Bäumen und Erlengestrüpp Scheinwerferlanzen stochern, anhalten, hüpfen und suchen. »Tack, tack, tack!«

Stille. Nirgendwo in Werflo brannte ein Licht. Wir waren hoch im November. Die letzten Blätter dallerten von der Platane in den nassen Sand hinunter oder torkelten, im

Wind verfangen, in die Dachrinnen der brüchigen Scheune, die dicht daneben stand.

Eines Morgens, die Kälte hatte uns vorzeitig erwachen lassen, sahen wir Nebeldunst am Ufer der Wohra und perlgraue Schneewolken über der Ebene. Frierend tappten wir in die Küche hinunter, uns anzukleiden und aufzuwärmen. Doch im Herd staubte nur Asche. Und als am Abend desselben Tages der Bürgermeister, Nikolaus Prediger, in der Eichenholzhalle vor der Ahnengalerie auftauchte und sich die Füße warmklopfte, da dachten wir, es könnte ein Holz- oder Kohlentransport gekommen sein, es gäbe also Arbeit für uns mit dem Bollerwagen, den wir oft schon zwischen Stürmers Holzhandlung und dem Herrenhaus hin-und herbewegt hatten. Lautlos glitten wir über den fleckigen Purpurläufer die Treppe empor. Wir hörten das Knarren der Schranktür, dann die leichten Schritte Frau Marins, den dumpfen Ruck, als sie die letzte Flasche Burgunder auf den Nußbaumtisch niederstellte. Kristall erklang. Dann tropfte die Stimme des alten Bürgermeisters wie aus einem undichten Wasserhahn in die eiskalte Stille des Obergeschosses: »Sie wissen – gnädige Frau – ich – bin – ein alter Freund Ihrer Familie. Viel – habe – ich gesehen – in diesem Dorf – und noch mehr – gehört.«

Gabriels Kopf tauchte empor, und er wisperte:

»Frau Oberlehrerin, wo kommen die Babys her?« und beugte sich wieder hinunter mit einem Auge in den Lichtstrahl und ließ Tabakgeruch in meiner Nase zurück. Wieder der Wasserhahn, weiter aufgedreht jetzt:

»Und so habe ich gedacht, Sie sollten rechtzeitig wissen, daß ich weiß – nein, daß seit heute noch ein anderer da ist und es morgen vielleicht schon alle wissen werden ... Also, es geht um Gabriel, den Jungen! Sie sollten mir vertrauen!«

Gabriel stieß mich an, und ich glaubte, ein unterdrücktes Glucksen aus seinem Munde zu hören, und hielt nun selbst das Ohr enger ans Holz gepreßt.

»Einer im Rathaus hat's heute nachmittag ausgegraben. Und nun will er sich unbedingt einen Orden damit verdienen ...«

»Sie meinen, daß Gabriel ...«

»Ja, daß er nicht Ihr Sohn, sondern ein adoptierter Judenjunge ist.«

Da war es plötzlich nur noch das Pendel der Standuhr am unteren Ende des dunklen Flures, das die Stille ausmaß. Und dann sah ich Gabriels Auge, noch immer dicht vor dem Schlüsselloch, das sich nun verkniff, feucht wurde hinter verklebten Wimpern und ein paar Herzschläge lang im Lichtstrahl aushielt. Dann tauchte sein Kopf in die Dunkelheit. Und da dachte ich: ›Pinkus‹ und dachte: ›Judenpimmel, Judenpimmel‹ und fühlte mich elend und hörte auch Marins Atem und spürte ihn heiß im Nacken und hörte erneut die Stimme seiner Mutter:

»Und Sie glauben, man wird ihn mir nehmen? In ein Lager stecken oder ausweisen in ein fremdes Land?«

Gabriel stand reglos, als jetzt die Stimme des Bürgermeisters laut und deutlich durch die Tür drang:

»Ich dachte, gnädige Frau, Sie wüßten Bescheid! Um so bitterer für mich, der ich weiß und schweigen muß, weil auch ich Frau und Kinder habe. – Wußten Sie denn nicht ... daß man die Juden tötet ... zu Tausenden? Der Junge muß außer Landes, heute nacht noch!«

Und dann schrie Gabriel. Ein Schrei, der so schnell aufgestiegen war, daß ich ihn erst hörte, als Gabriel zurückwich, am Geländer entlang, Schritt für Schritt, ins schützende Halblicht des endlos sich erstreckenden Flures. Dann vollzog er eine plötzliche Kehrtwendung, hetzte die Treppe hinunter, zerrte und riß am Eisengriff des Portals, das klirrend aufsprang, die Glocke scheppern ließ und ihm den Weg freigab in die mondlose Finsternis des Gartens. Wir standen wie ertappt. Und reglos stand auch Frau Marin, die von allen Hausbewohnern am längsten fähig gewesen war, seit Ausbruch des Krieges zu lächeln oder zu weinen, die mehrmals täglich vor dem hohen Spiegelglas ihr Haar gekämmt hatte, reglos stand sie jetzt und blickte über uns hinweg:

»Armer Gabriel . . .«

Wind stieß ins Haus, kalter, feuchter Novemberwind, und berührte unsre Haut.

»Kommen Sie, gnädige Frau, wir müssen ihn suchen!«

Und während wir, ins Kinderzimmer verwiesen, hinter den Gardinen Wache hielten, ging sie mit der Petroleumlampe in den Garten hinunter und rief nicht »Gabriel! Gabriel! Wo bist du?«, sondern suchte in der Dunkelheit, an den Kieswegen, immer mit schwankender Laterne, quer über die Wiese, beim Springbrunnen, der nicht mehr sprang, in und hinter dem Gartenhäuschen, schlug einen Bogen und fand ihn, wie wir deutlich sehen konnten, im nassen Gras liegen vor der Buchenhecke. Ich wandte mich ab, zitterte und fror. Wir krochen in die klammen Betten. Keiner sprach. Kurz nachdem die Uhr geschlagen hatte, zehnmal, hörte ich Schritte auf der Treppe, dachte: Jetzt kommt er zurück:

und ich sah uns über die wasser der wohra treiben, zeitlos im schräglicht der nachmittagssonne, so, als würde der fluß niemals enden, das licht nicht in dunkelheit vergehen, und dachte: ›auf mich kann er sich verlassen.‹ dann näherten sich schritte über den gang, verhielten, ein körper schabte draußen an der tür, die klinke knackte, und ich war überzeugt, daß er schon mitten im dunklen zimmer stünde, richtete mich auf und rief leise:

»Ga-briel.« Da dröhnte wieder die Standuhr, ich zählte mit: elf.

»Du hast geschlafen«, sagte Marin, der neben mir lag, »und gesprochen im Traum.«

»Habe ich wirklich geschlafen?« sagte ich.

»Ja. Er ist bei Mutter mit dem Bürgermeister. Gesa schläft auch.«

»Ist er denn noch dein Bruder?« hörte ich mich fragen, erschöpft von dem, was geschehen war, erwartete wohl eine Antwort, die nicht gleich kam, und war schon wieder eingedämmert, als er mit wacher, leidenschaftlicher Stimme in mein Bewußtsein einbrach:

»Ja, ja, ja. Ich würde meine Geige geben, das Haus und alles, was wir haben, wenn sie ihn bei uns ließen!«

»Ich bin müde«, sagte ich, »hörst du den Wind?«

»Ja. Der macht Musik . . .«

»Weck mich, wenn er kommt!«

dann saß ich inmitten blühender wiesen unweit der wohra und hörte geigenspiel, zart und windverloren. über schaumkraut und sumpfdotterblumen schwebte ich hinunter zum fluß und beobachtete die forellen. wie mühelos sie durchs grünliche wasser glitten. jetzt, dachte ich, und schnappte mit der hand.

Glas klirrte, das Fenster war zugeschlagen. Draußen graute tief der Morgen, und Marin, aufrecht neben mir, sagte heiser:

»Eben war sie im Zimmer und hat seine Sachen geholt!«

6

Vielleicht glaubte sie uns ahnungslos in den Betten, während Marin und ich doch seit geraumer Frist am Fenster im Zugwind froren und in den Hof hinunterspähten. Sorglos schlief Gesa hinter ihrem Puppengesicht, als ein Motor vom Amöneburger Tor her dröhnte, wo die Straße nach Marburg abzweigt, als das Geräusch unter Fehlzündungen gegen den *Gefangenenberg* hinaufwuchs und auf dem Kopfsteinpflaster mit Karosseriegeklapper vermischt sekundenlang am Eisentor des Herrenhauses hängenblieb. Dann war es still. Dampf kräuselte von den Kühlrippen. *Spedition – Güterfernverkehr – Georg Leuthold.*

Und obwohl Nikolaus Prediger ausstieg, zur Stalltür ging und Getreidesäcke anschleppte, wußten wir genau, daß es nur der alte Leuthold selbst sein konnte, dem dieser wachsfarbene Gesichtsfleck hinter der beschlagenen Scheibe zugehörte, dem die Zigarre im Führerhäuschen Funken sprühte. Seine Söhne, Gernulf und Peter, die uns auf ihren Fahrten mitgenommen hatten, moderten unter polnischer Erde, was ihn, den Sechzigjährigen, veranlaßt hatte, seinem Firmenschild *Güternah* das Wörtchen *Fernverkehr* hinzuzufügen, wohl, weil er's nicht ertragen konnte, allein zu sein mit seinem nachdenklichen Verstand in einem Haus, das eigentlich auch von seinen Söhnen und deren Frauen bewohnt sein sollte.

Plötzlich war es sehr still. Der bucklige Hanomag hätte tagelang schon dort stehn können, festgeeist neben der rissigen Mauer, hätten wir ihn nicht unter tiefziehenden Schneewolken anrollen sehn, wären wir nicht sicher gewesen, daß dieser Fleck wirklich ein Gesicht war, das wir uns sogar in Einzelzügen vorstellen konnten. Und weil wir unentwegt auf die Haustür unter uns geblickt hatten, sahen wir plötzlich die Gestalt vermummt im Hof stehen neben dem offenen Stall, hinter ihr Frau Marin, klein und zerbrechlich im Dämmerlicht. Nicht einen Mucks gaben wir von uns. Wir ahnten die Gefährlichkeit dieses Unternehmens und sollten wohl eigentlich schlafen, um nicht zu sehen, was wir wahrgenommen hatten, um nicht zu hören und zu sehen, was uns traurig machte und hilflos.

Unversehens drängelte Gesa mit Schultern, Kopf und Armen, bis wir den Sichtspalt freigegeben hatten. Und weil die Fensterbank zu hoch war und ihr Puppenkopf nur an die Holzkante emporreichte, sie aber keine Ruhe gab: »Laßt mich, laßt mich, was is los da unten!«, griffen wir ihr rechts und links unter die Achseln und hoben sie hoch. »Gabriel, Gabriel! Nein. Nein.« Strampelte und trat so heftig, daß sie unserem Griff entglitt, unter vier Händen wegtauchen konnte und im Nachthemd die Treppe runterflitzte. Wir sahen Gabriel einsteigen, Nikolaus Prediger die Autotür zuwerfen, hörten, wie der alte Leuthold den Motor kommen ließ, und sahen dann Gesa mit fliegenden Zöpfen an Frau Marin vorbeiwischen und x-beinig dem Wagen nachjagen.

Und sie hatten vielleicht schon Allendorf umfahren, da

zitterten wir immer noch am Fenster des Obergeschosses. Werflo erwachte. Erste Lichter glühten auf.

»Also Gabriel is 'n Juud und hat Schuld, daß Deutschland in den Krieg gegangen ist«, sagte ich.

In der Halle waren Frauenstimmen laut geworden, die redeten auf Klein Gesa ein.

»Gabriel ist und bleibt ein *Marin*«, sagte er leise. Und dann spürten wir das Schweigen im Haus, das unsre Kehlen schnürte.

Marin nahm das Tesching vom Gewehrständer, klemmte den Lauf zwischen die gußeisernen Heizungsrippen und warf sich gegen den Schaft. Seinen Kopf lehnte er gegen den Fensterrahmen, und ich sah, wie die Lippen blutleer wurden, sah auch Wangen und Stirn eine schockweiße Blässe annehmen.

»Marin, Marin, bist du krank?«

»Ich habe Angst, daß ihm etwas passieren könnte.« Dann rüttelte er heftig meine Schultern.

»Was immer auch geschehen wird, die Nacht ist zum Schlafen da, verstehst du! Wir haben nichts gesehen und nichts gehört!«

Vielleicht waren sie jetzt in Neustadt oder schon ein gutes Stück darüber hinaus. Sicherlich hat es, wo immer sie fuhren im olivgrünen Hanomag, ungefähr zur selben Zeit mit Schneien begonnen.

Aus schweren Wolken flockte der Schnee in die Windstille und fiel auf Werflos Dächer und Straßen, auf die feuchte Erde herab. Ich dachte daran, daß man jetzt die Radspuren für kurze Zeit überdeutlich im Schnee verfolgen könne, kurze Zeit nur, dann würde die Landschaft weiß sein, unberührt weiß.

Marin legte mir den Arm um den Hals: »Wie still sie fallen, die Flocken!«

Da war seine Mutter hinter uns getreten, streichelte unsere Köpfe und sagte: »Ja, beinahe lautlos fällt er aus dem Universum, der Schnee, da hast du recht, mein Junge. Jetzt aber schnell in die Betten! Es ist noch viel zu früh für euch!«

Später, am selben Morgen, es war ein Sonntag, und wir setzten uns schon nicht mehr in der kalten Eingangshalle zum Frühstück nieder, sondern drängelten uns am Küchentisch über Weizenbrot und Grieben, da spürte ich: Das Schweigen zwischen diesen dicken Mauern war noch beklemmender geworden. Und nicht nur das: Die Frauen saßen geduckt, während wir einspeichelten, kauten und runterschlangen, saßen fast reglos, während plötzlich Schneesturm gegen die Scheibe tobte und Eiskristalle zurückließ an den Kitträndern, die auswuchsen zu zarten Blüten ohne Duft. Die Frauen duckten sich unter ihren schwarzen, schafwollenen Umhängen, froren und hatten Angst.

Plötzlich standen meine Kiefer still. Da war etwas in mir, das ich nicht kannte. Mein Körper hatte sich kerzengrade aufgerichtet, ich spürte einen Schmerz, einen Krampf in meiner Brust und dachte: Mein Gott, was sitzt du hier! Raus, schnell raus auf Vetter Schorschs Wiese! Dort passiert etwas, und du bist nicht dabei! Wie unter Zwang hetzte ich aus dem Zimmer, riß meine Tuchjacke vom Haken, hörte meine Mutter rufen: »Komm zurück, Michael, der Schneesturm!«, nahm die Steintreppe in großen Sprüngen, Schnee in den Augen, kalt, eiskalt auf meinem Gesicht, rannte über den Hof, schlitterte den Berg neben der Schebitzschen Scheune hinunter, umrundete den Teich vor dem Schleusenrechen, hörte Turbinen schnurren und hatte die Stadtmauer erreicht.

Wiesen! Meine weiten, vertrauten Wiesen!

Naß glänzte der hohe Eichbaum, und das Erlgebüsch stand schwarz und dicht dahinter im Wirbel der Flocken. Nichts. Nichts geschah. Nichts, was Spuren hinterlassen hätte, war geschehen!

Schon hatte ich mich heimwärts gewandt, als ein Windstoß vom Kirchberg herunterdrückte und meinen Kopf noch einmal gegen die Wiesen zwang. Und da sah ich, zwischen verkniffenen Lidern, wie aus dem Schneechaos der Erlenwall in Bewegung kam, mal vorrückte gegen die Stadtmauer und mich, mal zurückwich an die Grenze des Sichtbaren.

Ich wagte nicht zu atmen. Gespenster, Gespenster!

Da schlug der Wind um, drückte mich durch die Stadtmauernische, wurde zum hilfreichen Rückenwind, während ich haste was kannste, den Berg, die Steintreppe hoch, aus diesem grauenhaften Sturm heraus in den Schutz der dämmrigen Halle und von dort in die Marinsche Küche flüchtete.

»Die Erlen sind gegen das Dorf gerückt!« keuchte ich und hörte meine Mutter sagen: »Auch das noch, der Junge ist verrückt geworden!«

Und ich schwor Stein und Bein und beschrieb, was ich gesehen hatte. Da lachte Frau Marin zum erstenmal seit langer Zeit: »Wind und Schnee«, sagte sie sanft, »haben dir ein Trugbild vorgegaukelt.«

»Trugbild, Trugbild, vorgegaukelt«, äffte Gesa nach

und spielte tanzend Rumpelstilzchen: »Der Junge ist verrückt geworden!«

»Still! Willst du wohl still sein, du Irrwisch!« befahl Frau Thomsen, und meine Mutter sagte plötzlich:

»Ich wünscht, ich könnt 'nen Sprung nach Kassel tun und sehn, ob alles in Ordnung ist im Haus.«

Evakuiert waren wir schon seit fast zwei Jahren, auf den Rat und ausdrücklichen Wunsch meines Vaters. »Ihr kehrt nicht in die Stadt zurück, bevor dieser Krieg ein Ende genommen hat und ich höchstpersönlich kommen werde, euch abzuholen!«

Kommen würde er nicht mehr, aber Mutter hielt sich an seine Worte.

Marin stellte den Drahtfunk an, und wir hörten die Takte der *Eroica*, dann die Stimme des Nachrichtensprechers:

In Stalingrad schob sich der Feind von allen Seiten an die deutschen Abwehrstellungen heran . . .

Obwohl wir kaum etwas vom wirklichen Krieg an den Fronten verstanden, war uns doch klar, daß die Abwehr nicht gleichbedeutend sein konnte mit Sieg. Um so mehr vermißten wir Gabriels Sachkenntnis, mit klarer Stimme vorgetragen, die uns in manchem aufzuklären und zu beruhigen gewußt hatte: »Laß die nur reden, der General ist und bleibt unbesiegbar«, so pflegte er abzuschließen; unbesiegbar, unbesiegbar, so klang's jetzt in meinem Kopf nach.

»Schau nur!« Ich drehte mich um und blickte zum Fenster und sah die Sonne hinter der Amöneburg hervorbrechen.

Es stürmte nicht mehr, und die Ebene lag grell und weiß im Licht zwischen den drei schwarzen Flußkokarden.

»Komm«, sagte da Marin, »gehn wir Vetter Schorsch besuchen!«

»Die Märzlämmer streicheln«, rief Gesa, und los ging's, zur Pforte hinaus auf die *Hintergasse*, durch Pulverschnee an der Dorfmauer entlang, aus deren Ritzen Goldruten wuchsen. Die Wohra gluckste und rauschte, als wir an die Stelle kamen, wo der Ölmühlgraben abzweigt, wo der Mauerdurchbruch zum Ahnapark uns den Weg freigab ins Uferdickicht. Weiter unten am Fluß standen die Frauen mit leeren oder vollen Säcken, frierend den Schnee zertrampelnd, und wir sahen die lange Reihe der Blechkannen vorm Mühleneingang, in denen sie das kostbare Bucheckernöl heimschleppen würden. Die Eisenpforte klemmte. Unsre Schuhe drückten tiefe Spuren, die quer über den Parkrasen hinweg zum Bismarckdenkmal führten. Marin blieb stehn und las:

»Neunzehnhundertvierzehn bis achtzehn, unseren gefallenen Helden in Angedenken. Dem Sieg geweiht, vom Krieg zerstört, den Frieden mahnend.«

Zwischen gekreuzten Schwertern, unter der Keilschrift und dem Lorbeerkranz aus Eisen am Fuß des hohen Denkmals, waren eingraviert in langen, engen Reihen die Namen, Ränge und Todesdaten der Helden, viele verwittert, manche schneeverkrustet. Marin stocherte und rieb und kratzte einen Namen frei: *Friedrich Ferdinand Marin 1900–1917, Fahnenjunker, gefallen zu Verdun.* »Mein Onkel«, sagte er. »Er wäre ein Cellovirtuose geworden, wenn nicht . . .«, und ich dachte: Feigling, du fürchtest den Tod, auch wenn's ein Heldentod sein könnte! und sah die Leuchtfarben an Schierbaums Milchladen am Markt, die nachts weithin sichtbare Flammenschrift, sah Pinkus den gelben Stern tragen, trotzig, wortlos und stolz, genau wie Samuel und Balthasar, die alle samt Familien über Nacht verschwunden waren. Wer läßt schon einen gutgehenden Milchladen, ein Juweliergeschäft so einfach im Stich? Aber auch wir hatten unser Kassler Haus Hals über Kopf verlassen, als die ersten Bomben auf Hamburg fielen. Wissen Sie denn nicht, daß man sie tötet zu Tausenden, dachte ich plötzlich und hörte erneut diesen tierhaften Schrei, während meine Füße hinter Marin und Gesa schwarze, wäßrige Tapsen zurückließen.

Da hatten wir das Parktor erreicht und sahen am östlichen Dorfausgang als letztes Anwesen an der Kirchhainer Straße Vetter Schorschs Einsiedelei liegen.

Aus dem Dachfenster, an einem Stock, flatterte die Hakenkreuzfahne im Wind, flatterte dort wie eh und je, seit wir ins Dorf gekommen waren, als hätte er sie einmal aufgesteckt und dann vergessen einzuholen. Vor dem Haus dampfte der Misthaufen, roch angenehm und scharf nach frischem, noch nicht gefrorenem Bockschiß, Jauche sikkerte aus der Betonumrandung und hatte den Schnee grün geätzt gegen scharfrandiges Weiß.

»Määäääääähhh, määäääääääääääähh«, klang es um die Hausecke.

»Märzlämmchen streicheln«, rief Klein Gesa. Um die Ecke wischte sie mit wippenden Zöpfen zum Lämmerstall, und wir sahen sie dann Sekunden später, schlohweiß im Gesicht, ganz dicht an die gekalkte Wand gedrückt. Denn unter seinem breitrandigen Schlapphut mit Querkniff stand Vetter Schorsch und arbeitete heftig. Mit den

Hinterläufen angenagelt, hing das Märzlamm am Pflock, fleischrot bis zum Bauch, und schrie.

»Schlachtetag«, sagte der Patte, »feine Spürnasen habt ihr Kinder, ihr wißt, wo's was zu fressen gibt in diesen schlechten Zeiten. Komm, Günther, gib mir mal die Feile rüber!«

Und er schlug zweimal kurz und trocken ins Genick:

»Määäääääääähh«, das Tier zuckte, schwieg und tropfte aus dem Maul.

»So geht die Haut am besten runter, wenn der Körper mithilft«, sagte er und lächelte, »merkt's euch für später!«

Ein schneller Schnitt in Runenform, den Bauch hinunter kopfwärts, rechter und linker Vorderlauf, ein scharfer Ruck, und das Lamm, dem durch die Kehle er nun die Messerschneide zog, hing nackt und pulste Blut in den glitzernden Schnee.

»Puuuh.«

Ich drehte mich um und sah Marin mit Gesa hinter der Querwand des Gehöfts verschwinden.

»Noch richtige Kinder, die zwei«, sagte der Patte und schmunzelte mir zu. »Ich bin zu alt für den Krieg, aber die Nerven, glaub mir, die hätt' ich noch! Der Günther, der hat sie nicht. Und ist der Sohn eines leibhaftigen Generals. Hier«, sagte er und trennte geschickt, am Gelenk sägend, eine Keule ab vom Lamm, wickelte sie in Leinentuch und übergab sie mir:

»Bring das der Generalin von einem Kämpfer der Heimatfront mit besten Grüßen! Das Tuch soll sie mir zurückschicken, Leinen ist knapp!«

Ich nahm die Keule, dankte und rannte den beiden nach.

7

Unter hochstämmigen Kastanien, gegen den Himmel geschnitten, hetzte ich die Straße entlang. Warm spürte ich das Fleisch durch Jacke und Hemd.

»Marin! Gesa!«

Öd lag der Ahnapark hinter dem Torgitter. Schnee stäubte von den Ästen und wirbelte auf im Wind, der über die Rabatten strich.

»Marin, Marin, wo bist du?«

Da sah ich die Sonnenkugel auf der Spitze des Munitionsfabrikschlotes, erschrak und sah in diesem kalten, fast waagrecht schwebenden Licht die Dunkelheit einfallen, roch Blut und hetzte den Häuserschatten entgegen. Die Keule fiel. Wie gelähmt stand ich und konnte das tote Fleisch nicht aufheben.

»Ei, ei, was liegt denn da so herrenlos im Schnee!«

Aus dem Hinterausgang von Stürmers Kohlenhandlung waren sie herausgetreten, Pitter Ficke und Dieter Flimm.

»Ich bin gestolpert!«

Schnell griff ich nach dem Leinensack.

»Ei, ei, sieh an, dunkle Flecke«, und schnappte danach, der Pitter:

»Richtiges Blut von richtigem Fleisch!« sagte Dieter Flimm und schnüffelte und sagte: »Lammfleisch, und das mitten im Krieg; Junge, Junge, haben wir drei ein Glück!« und entriß mir die Keule und sagte: »Gut und gerne fünf Pfund Fleisch, das macht zweieinhalb für Pitter und zweieinhalb für mich, kaum zu fassen, Kleiner, unser Glück!«

»Na, los, hau ab«, sagte Pitter Ficke und spielte mit dem HJ-Dolch: »Mutter will die Kinder zählen!«

»Ich will das Fleisch!«

»Es gehört der Generalin«, widersprach ich und wäre am liebsten losgerannt, hinein in die schützende, von keinen Lampen erhellte Dunkelheit.

»Zu der kommen wir morgen«, schrie Dieter Flimm: »Mein Vater weiß Bescheid!«

»Hepp!«

Die Keule schwang hoch und landete klatschend in Pitters Händen.

»Hepp!« schrie Pitter, und sie rannten werfend, auffangend, hepp, hepp, hepp die Straße hinunter. Im Schnee stand ich und heulte. Dann spürte ich die Kälte und den eisigen Wind, der an der Stadtmauer entlangpfiff, setzte mich in Bewegung und ging am schmiedeeisernen Eingangstor, an der Schebitzschen Scheune vorbei, wo im Kuhstall nebendran das Petroleumlicht tanzte.

Dann stand ich in der Nacht, draußen an der Wohra, und sah die dunklen Wiesen und rechts die vier Wachtürme zwischen dem Stacheldraht im Stechlicht der Scheinwerfer, das drüben am *Roten Grund* durch die Erlenbüsche blitzte.

Die Wohra saugte Uferschlamm. Ich lehnte mich gegen

die Mauer, schloß die Augen und dachte: Einfach so stehnbleiben, nicht bewegen, nicht atmen, nicht denken: Das Fleisch hast du dir nehmen lassen, und spürte dann, daß meine Beine bis über die Knie herauf kalt waren, wie abgestorben. Da blickte ich gegen das Schwarzblau mit vielen Sternen, großen und kleinen, leuchtenden und blassen, und je länger ich hinsah, um so weiter fort rückten sie, und ich sah die Milchstraße und dahinter wieder Sterne schimmern, dünn und zerbrechlich im All. Wie klar und weit, dachte ich, wenn doch nur Friede wäre ... Und da hörte ich das Schnarren und war schon losgerannt, als der Heulton auf und ab schwang. Fliegeralarm! Die Sirene auf dem Rathausturm. Die wenigen Lichter waren weggeputzt. Ich rannte durch die erzwungene Dorfdunkelheit unter einem Winterhimmel, von dem herab plötzlich Gefahr drohte. Die Sirene brach ab, meine Lungen flogen, als ich vor der Stahltür des Luftschutzkellers gegen jemand stieß, der in der Dunkelheit gewartet hatte.

»Gott sei Dank!« sagte Mutter: »Was hast du mich in Schrecken versetzt, Junge!«

Eilig schob sie mich gegen die Basalttreppe, die, aus Fels gehauen, steil abwärts führte; oben verriegelte sie die schwere Tür.

Im Petroleumlicht hockten wir alle auf Feldpritschen, die Lampe flackerte in der Eisluft, die aus dem Entlüftungsschacht nach unten strich, Schattenspiele hüpften, die knochenweißen Felsblockwände schwitzten und begannen, je länger ich hinsah, zu verschwimmen und mit den Schatten zu tanzen. Klein Gesa, ins Mollige (ein Tuch aus Angorawolle) gewickelt, schlief zufrieden auf ihrer Mutter Schoß. Wir anderen warteten vornübergebeugt, die Unterarme auf den Schenkeln, die Köpfe gegen den Luftschacht geneigt. Warten, warten! Das Knacken eines Pritschenholmes ließ uns heftig zusammenzucken. Und wenn dann endlich einer von uns, nein, alle gleichzeitig, dieses ganz entfernte Grollen gehört hatten, das sehr schnell zum Brummen wurde, durchbohrt vielleicht von scharfem Sirren, dann wußten wir und hielten den Atem an: Jetzt ist sie über Werflo, die wilde Jagd der englischen Bombengeschwader, in tausend Meter Höhe am Winterhimmel, unterflogen und umspielt von den wendigen Mosquitojägern mit Scharfschützen hinter den Bord-MGs. Nichts geschah. Die Sirene entwarnte, und wir stiegen empor in die klare, kalte Winternacht, in die klammen Betten. Sofort schlief ich ein, erlebte eine traumhafte Verwandlung.

Marin sprach: »Denn weißt du, daß diese reise, die vor dem schmiedeeisernen tor unsres hauses in werflo auf dem zerrissenen polstersitz des hanomags an einem graugetönten, kurz darauf eingeschneiten oktobermorgen begann, daß diese reise ihn auf nächtlichen schleichwegen durch halb deutschland führte, ehe sie abbrach irgendwo an der nordseeküste in einer friesischen fischerhütte . . .«

»woher weißt du das?« wollte ich rufen und wollte auf, vielleicht ihm entgegenspringen, und sah mich sitzen, traumgebannt, während des alten leutholds hanomag draußen vor dem fenster zwischen dünen stand. ». . . abbrach, um wenige tage später mit erschreckender endgültigkeit zu vollziehen, was er, gabriel, in wüstem schlaf mit zerfetzten fäusten gegen die hüttenwände getrommelt hatte: es wird geschehen, sie werden irgend etwas mit mir tun. und rief: vater, vater, wo bist du, und fiel zurück auf seegraskissen und hörte und fühlte wind und das herrenhaus und die wiesen und den fluß und lächelte vielleicht im schlaf und schlief so lange, bis sie ihn wachrüttelten, derbe fäuste, und zum strand hinunterschafften. diesmal war es nicht das windgeschützte führerhäuschen, das stopplige gesicht des alten neben ihm am steuerrad, das er kannte und liebengelernt hatte, diesmal war es ein fischkutter, der nach tang roch und salzheringen oder nach der ausdünstung dreier männer in ölzeug, die den motor anwarfen, die positionslichter löschten und den schmuck seiner nichtmehrmutter in empfang nahmen . . .«

wie hinter dickem glas sah ich leutholds gesicht, seine schlohweißen haare, blaß und fahl und fahl und blaß, ausgezehrt vom weißen sand. und dann schwankte der sessel unter mir, wie planken über den wassern schaukeln, haare, nase, haut traten in die dunkelheit, die zwischen strand und meer und schilf und strand emporwuchs, bis nur mehr ein wesenloser, irisierender fleck jenseits der wasser übrigblieb.

auf einem alten segel kauerte gabriel im gezeitenschlag, spürte, wie das boot stetig vorwärtszog, ohne daß sich die sterne über ihm auch nur um ein geringstes sichtbar bewegt hätten . . . nein! nein!

»Wach auf, Michael, wach auf!« sagte Marin und rüttelte mich. Ich schreckte hoch und sah draußen vor dem Fenster eine weiße schimmernde Schneenacht.

»Schau mal raus!«

Und wir öffneten das Fenster weit, und ich sah, kurz nach Mitternacht, einen blutroten Sonnenuntergangshimmel und hörte ein Brausen wie von fernem, gewaltigem Sturm.

Und da war auch Gesa wieder zwischen uns:

»Laßt mich! Laßt mich, was gibt's zu sehn?«

Und wieder hoben wir sie hoch, und sie schaute gen Norden, wurde ganz still und sagte plötzlich:

»Wie schön, der Himmel, schau nur, der Himmel brennt! Er wärmt die Menschen im kalten Winter.«

Wir ließen sie einfach fallen, und sie war's zufrieden, kroch zurück unters Federbett und sang ganz leise:

Maikäfer flieg
Dein Vater ist im Krieg
Dein Mutter ist in Pommerland
Pommerland ist abgebrannt
Maikäfer flieg.

»Willst du wohl ruhig sein! Da brennt doch eine ganze Stadt!« sagte Marin.

Sofort war sie eingeschlafen.

»Die englischen Feuerteufel bombardieren unsre Städte«, sagte ich. Marin schwieg, und ich dachte: Ob sie wohl nach Werflo kommen werden eines Nachts? Und betete leise: »Lieber Gott, beschütze unsre Brüder und Väter im fernen Rußland und unser Haus und mach, daß die Flak alle Feinde rechtzeitig vom Himmel holt.«

8

Die Tante hatte wohl ihr Herz entdeckt und war in der Schebitzschen Räucherkammer gewesen. Auf unseren Frühstücksbrettchen lagen für jeden drei Scheibchen Hartwurst, die wir gierig berochen, auf dem Bauernbrot zur Schiebewurst werden ließen. Dann kamen die Finger zur Zunge, dann wurde nachgeschmeckt, aus Zahnritzen gesaugt, ehe wir uns von kuhwarmer Milch den Wurstgeschmack nehmen ließen.

Frau Thomsen drehte den Volksempfänger an, und wir hörten den Sprecher:

Starke britische Bomberverbände griffen gestern nacht die Stadt Kassel an. Der Terrorangriff, durch den schwere Verluste unter der Zivilbevölkerung entstanden, zerstörte und setzte fast alle Wohnviertel, Kulturstätten sowie öffentlichen Gebäude in Brand. Nachtjäger und Flakartillerie der Luftwaffe schossen aus den britischen Verbänden nach bisher vorliegenden Meldungen siebenundvierzig Bomber ab. Der Abschuß weiterer Flugzeuge ist wahrscheinlich! Damit verlor der Feind in den letzten vierundzwanzig Stunden über dem Reich und den besetzten Gebieten dreiundneunzig Maschinen!

Da sah ich meine Mutter kreidebleich werden: »Erst den Mann und jetzt auch noch das Haus. Ich weiß, das Haus ist zerstört, dem Erdboden gleichgemacht!«

Und Frau Marin sagte:

»Wer kümmert sich in diesen Zeiten noch um ein Haus. Beruhige dich, ihr seid doch hier in Sicherheit.«

Und meiner Mutter schnappte die Stimme über: »Du! Du! Mit deinem Gleichmut! Was hast du denn verloren? Nichts! Dein Mann lebt. Und euer Besitz ist unversehrt!«

»Und der Krieg ist noch nicht zu Ende«, antwortete ganz ruhig Frau Marin und sammelte die Frühstücksbrettchen ein. Da schepperte laut die Glocke unten am Portal. Wir rannten hinaus, beugten uns weit über die verschneite Verandenbalustrade, sahen den Einspänner im Hof stehn, ein schwarzes Pferd zwischen den Deichseln, und auf dem Kutschbock, in Fell gehüllt, klein und verkrümmt, die Zügel locker um die Hand geschlungen, eine Gestalt, die uns jetzt ihr Gesicht zuwandte.

»Omi, Omi«, rief Marin.

»Mutter! Um Gottes willen, du!« rief Frau Marin.

Und die alte Frau antwortete nach oben:

»Na, los, helft mir mal hier runter, meine Knie sind steifgefroren!«

Als ich dann dem hechelnden Pferd die Flanken klopfte, in den Zügel dicht neben der Trense griff, guckte ich sie mir in aller Ruhe an, diese Frau, Mutter der Generalin, die sich gleich zu Kriegsbeginn energisch geweigert hatte, ihr Gut in der Schwalm im Stich zu lassen und nach Werflo überzusiedeln. Ihr Gesicht war faltenlos und rot, die Hakennase an der Spitze blau gefroren. Weiß schimmerte ihr Haar.

Als sie nun, von den beiden Frauen abgestützt, vom Kutschbock auf das Trittbrett, vom Trittbrett auf den Erdboden hinunterstieg, etwas steif, aber ohne Ächzen, da bemerkte ich diese straffe Oberlippe über der vorquellenden Unterlippe und dachte: Jetzt schmollt sie, die Alte, und sah dann, als sie lächelnd uns nacheinander umarmt und begrüßt hatte, daß dieses Schmollen nichts anderes war als ein ungewöhnlicher Mund, ein Kindermund, der gut zu ihren großen blauen Augen paßte.

»Als die Flieger«, sagte sie, »in der letzten Nacht Kassel bombardierten, war das ein so höllischer Krach, daß ich nicht schlafen konnte. Und da kam ich auf dumme Gedanken und dachte: Wenn der Herrgott entschieden hat, daß dieses Land verwüstet und gestraft werden soll für seine Sünden, dann will ich's hinnehmen. Und da entschied ich: Die Kinder brauchen dich in Werflo, und sie sollen nicht alleine sein!«

»Ja, Mutter«, sagte Frau Marin, »jetzt komm ins Haus, du bist bis auf die Knochen durchgefroren!«

»Kunststück«, antwortete die Alte, »die liegen ja gleich unter der Haut!«

Sie nahm Günther bei der Hand und stieg bedächtig, uns allen voran, die Treppenstufen empor.

Ich schirrte den Gaul aus, rieb ihn ab in unsrer Stallbox, rannte mit dem Ledereimer zum Schebitzschen Hof hinüber, borgte mir Decke und Hafer, brachte beides dem schwarzen Pferd, das Bubu hieß, und fügte einen Trog Wasser hinzu. Vom Wagen hatten sie inzwischen abgeladen, Marin und die Frauen. Ich lachte laut, als ich ihn da stehen sah: die eine Hand um einen nackten, kopflosen Gänsehals geklammert, die andere um einen Knochenschinken gespannt, auf dem Haupt einen breitkrempigen Damenhut mit Straußenfeder, die wippte. »Fuchs, du hast die Gans gestohlen«, sang ich und zog ihm den Hut über die Augen. Dann schnappte ich den Sonnenschirm aus Elfenbein, klöppelte die Gans ein wenig und auch Marin, der seine Hände nicht befreien konnte oder wollte, sang: »Gib sie wie-der her, gib sie wie-der her«, entriß ihm das Vieh ohne Federn, griff noch ein Bündel Kleinholz vom Wagen und rannte die Treppe hoch.

Im Küchenherd flackerte schon das Feuer, am Tisch saß die Großmutter und packte aus: Eier, Butter, einen Sechspfünder Bauernbrot, Mehl und Speck und Schmalz und reichlich Schlackwürste, große Stracke und dürre Runde.

Da hörten wir alle, laut und deutlich, Marins Stimme in der Eingangshalle: »Soll dich gleich der Teufel holen mit dem Schießge-we-he-her!«

Inne hielt die Alte und richtete einen strengen Blick gegen die Türöffnung, in der Marin jetzt aufgetaucht war:

»Du sollst deinen Bruder nicht hassen in deinem Herzen, sondern du sollst deinen Nächsten zurechtweisen, auf daß du nicht seinethalben Schuld tragen müssest. Und du sollst nicht fluchen«, fügte sie streng hinzu: »Wie heißt das siebte Gebot?«

Verdattert stand Marin und klammerte sich an den Knochenschinken:

»Du sollst den Namen des Herren, deines Gottes, nicht unnützlich führen, denn der Herr wird den nicht ungestraft lassen, der seinen Namen mißbraucht«, leierte Marin und sah aus wie Rinaldo Rinaldini unter dem Federhut.

»Also halt dich dran! Wer den Satan ruft, dem ist er schon an den Fersen.«

Ich duckte mich hinter ihren Sessel und grinste. Da spürte ich einen stechenden Schmerz, fremden Daumen und Zeigefinger an meinem Ohr:

»Und für dich, du kleiner Satan, gilt das gleiche. Hast du verstanden?«

Da lachten wir alle und fielen über die Köstlichkeiten her. Sie aber saß bequem zurückgelehnt, aß nichts und schaute uns lächelnd zu.

»Wie geht's deinem Mann?« fragte sie leise. »Hast du Briefe von der Ostfront?«

»Nein, Mutter«, antwortete Frau Marin ebenso leise. »Keine Briefe seit Wochen.«

Und sie setzte sich neben die Alte auf die Ofenbank und lehnte den Kopf an die hagere Schulter.

»Stell mal den Drahtfunk an, mein Junge«, sagte die Großmutter, und die Röhren summten, und dann donnerte Marschmusik aus dem Lautsprecher:

»Damm, damm, damm, ratatata damm damm damm.«

Stimmen im Hintergrund, singende Stimmen, grölende Stimmen, mitreißende Stimmblöcke, kaum hielt es mich auf meinem Stuhl, die Beine zuckten.

Das Oberkommando der Wehrmacht Gruppe Ost gibt bekannt: Im Raum südlich Stalingrad und im Großen Don-Bogen halten die erbitterten Abwehrkämpfe an. Deutsche und rumänische Truppen brachten bei einem Gegenangriff sechshundert Gefangene ein und vernichteten fünfundzwanzig Panzerwagen. Deutsche und rumänische Luftstreitkräfte fügten den Sowjets in rollenden Angriffen ge-

gen Panzer-, Infanterieverbände und Fahrzeugkolonnen hohe Verluste zu.

In Stalingrad wurden stark befestigte Stützpunkte genommen und Vorstöße der Sowjets abgewiesen.

»Schalt den Rappelkasten aus«, sagte die Großmutter. Und Frau Marin sagte:

»Die erbitterten Abwehrkämpfe! Das heißt doch, sie alle sind in Gefahr, und mein Mann ist bei ihnen.«

»Wenn dieser unheilvolle Krieg nur ein Ende hätte«, lamentierte die Alte: »Mord. Brand. Tod. Unsagbares Leid. Das hat er den Völkern gebracht!«

Und dann sagte sie: »Ja, wo ist denn der Junge, der Gabriel?«

Und Frau Marin schaute sie an: »Komm, gehn wir dein Zimmer richten.«

Und sie gingen und ließen uns Kinder kauend am heißen Küchenofen zurück.

9

Satt hatten wir die warme Küche geräumt. »Wenn sie euch in der Schule«, hatte Frau Marin uns eingeschärft, »nach Gabriel fragen, so antwortet: Er ist verreist, und kein Wort weiter!«

Es war Montag, das Klassenzimmer wie immer überfüllt. Dicht an dicht, auf Bänken, Stühlen oder stehend, die Rücken an Wände gelehnt, drängten Schüler aus drei Klassen in diesen einen Raum, wo vor der schwarzen Schiefertafel das Pult der Oberlehrerin und in der rechten Fensterecke auf Gipssockel, vom wechselnden Licht mal erhellt oder verschattet, die Marmorbüste des Führers thronte.

»Achtung!«

Klaus Pingebergers Rotschopf blitzte durch den Türspalt, die Stimmen erloschen, Bänke und Stühle knarrten, wir alle standen in Reih und Glied mit den Händen an der Hosennaht. Die Tür flog auf, und herein stolzierte, durchgedrückten Kreuzes, die Brehme, einen Packen Bücher unter dem Arm.

»Heil Hitler, Jungs!«

Ihr Arm schnellte empor zum deutschen Gruß, auch wir rissen die Arme hoch.

»Heil Hitler, Frau Oberlehrerin«, tönte es vielstimmig.

»Setzen!«

Wieder scharrten Füße auf Holz.

»Wer sind die Urheber des gegen unser Deutsches Reich gerichteten Terrorkrieges?!«

Dieter Flimm knallte die Hacken und hob den Finger.

»Ja, Dieter!«

»Juden, Freimaurer und die mit ihnen verbündeten Kräfte sind die Urheber dieses schandbaren Krieges!«

»Sehr gut. Setzen. Wer kann uns von diesen Reichsfeinden erretten? Pitter?«

»Was den Goten, den Warägern und anderen germanischen Rassen nicht gelang, das schafft unser *Führer*! Er allein wird jetzt den Ansturm der Steppe zurückschlagen, wird die Ostgrenze sichern, er allein wird erfüllen, wovon germanische Kämpfer einst träumten! Ein dreitausendjähriges Geschichtskapitel erfährt durch ihn einen glorreichen Abschluß! Wieder reiten die Goten! Jeder von uns ist germanischer Kämpfer!«

»Sehr gut. Setzen!«

Dann schlug sie eines der Bücher auf und las mit bewegter, lauter Stimme:

»So wie die Nacht aufsteht gegen den Tag, wie sich Licht und Schatten ewig feind sind – so ist der größte Feind des erdbeherrschenden Menschen der Mensch selbst.

Der Untermensch – jene biologisch scheinbar völlig gleichartige Naturschöpfung mit Händen, Füßen und einer Art von Gehirn – ist doch eine ganz andere, eine furchtbare Kreatur, ein Wurf nur zum Menschen hin mit ähnlichen Gesichtszügen, geistig-seelisch jedoch tiefer stehend als jedes Tier! Im Inneren dieses Menschen ein grausames Chaos wilder, hemmungsloser Leidenschaften: namenloser Zerstörungswille, primitivste Begierde, unverhüllteste Gemeinheit!

Untermensch, sonst nichts!

Denn es ist nicht alles gleich, was Menschenantlitz trägt! Wehe dem, der das vergißt!

Was diese Erde an großen Werken, Gedanken und Künsten besitzt – der Mensch hat es erdacht, geschaffen und vollendet. Ruhe! Ruhe!« brüllte sie: »Wer hat da geredet!?«

Marin sah mich an mit großen, furchtsamen, vielleicht auch traurigen Augen.

»Ich erwarte eine Stille, in der man Nadeln fallen hört! Habt ihr mich verstanden?«

Und fuhr dann fort: »Er ersann und erfand, nur mit dem einen Ziel, sich emporzuarbeiten in ein höheres Dasein, das Ungestaltete zu gestalten.

So wuchs die Kultur.

So wurden Pflug, Werkzeug und Haus.

So wurde der Mensch gesellig, so wurde Familie, so wurde Volk, so wurde Staat. Nur so wurde der Mensch gut und groß! Weit stieg er über alle Lebewesen empor.

So wurde er Gottes Nächster.

Aber auch der Untermensch lebte. Er haßte die großen Werke und die anderen. Er wütete dagegen, heimlich als Dieb, öffentlich als Lästerer, als Mörder!

Er gesellte sich zu seinesgleichen. Die Bestie rief die Bestie! Nie wahrte der Untermensch Frieden, nie gab er Ruhe. Er suchte das Halbdunkel, das Chaotische. Er scheute das Licht. Er brauchte den Sumpf, brauchte die Hölle auf

Erden. Und diese Unterwelt der Untermenschen fand ihren Führer ... und der ist? Marin?«

Erschrocken wandte Marin den Blick vom Fenster, vom chaotischen Schneetreiben, in das hinaus er geblickt hatte.

»Unser Führer Adolf Hitler!« sagte er laut und deutlich, worauf der Brehme Zornestränen in die Augen traten und die Klasse ihn dem Schweigen auslieferte.

»Ich könnte dich erschießen lassen«, schrie die Oberlehrerin, »ist das klar! Wenn alle gehen, wirst du nachsitzen und hundertmal in gestochener Schönschrift aufschreiben:

Und diese Unterwelt der Untermenschen fand ihren Führer: den ewigen Juden!

Den ewigen Juden!, hast du verstanden?«

»Ja.«

»Ja, Frau Oberlehrerin, heißt das. Wiederhole!«

»Ja, Frau Oberlehrerin.«

»Und jetzt komm nach vorn!«

Blaß ging Marin durch die Bankreihen und schwankte.

»Wer ist das?« Sie wies auf die Büste.

»Das ist die Büste des Führers«, antwortete Marin.

»Das ist der *Führer* selbst«, schrie sie. »Denn er ist allgegenwärtig, unter uns und mit uns. Knie nieder und sprich mir nach!«

Marin kniete, und sie sprach:

»Ich, der Schüler Marin ...«

»Ich, der Schüler Marin ...«

»... bereue zutiefst ...«

»... bereue zutiefst ...«

»... daß ich dich ...«

»... daß ich dich ...«

»... schändlich ...«
»... schändlich ...«
»... beleidigt habe ...«
»... beleidigt habe ...«
»... mein Führer.«
»... mein Führer.«
»Steh auf. Und Fingerspitzen auf den Tisch!«

Die Brehme ließ den Rohrstock zischen. Beim ersten Hieb riß die Haut, beim zweiten, dritten, fünften Schlag färbten sich Stock und Hände rot, und Marin stand aufrecht vor der Klasse, weinte nicht und zuckte nicht mit der Wimper.

»Willst du wohl schreien, du Verstockter«, schrie sie und konnte nicht aufhören mit dem Stock.

Da drehte sich Marin wortlos um, die Rute klatschte aufs Pult, und er ging zur Tür und zur Tür hinaus, und die Brehme heulte hysterisch, und die Stimmen begannen endlich, diese unerträgliche äußerste Anspannung zu vertuscheln.

Auf der Toilette eingeschlossen, hatte ich, bis die letzten Schritte verhallt waren, reglos auf dem Klodeckel gesessen und versucht, das Bild des gezüchtigten Marin wegzudenken. Es gelang einfach nicht. Ich habe dabeigesessen mit den andern und habe mich nicht gemuckst, und sah die Pappwände und hörte die lecke Wasserspülung tropfen und roch den Karbolgestank und flüsterte: Feigling ... du bist ein Feigling, du kannst sein Freund nicht mehr sein, das trennt dich von ihm, ab heute und für immer. Und war dann durch die verlassenen Gänge zur Schultür geschlichen und hinausgetreten in die Dämmerung. Als ich den Schulhof überquerte, knackte das

Schlagwerk der Kirchturmuhr, und fünf Schläge dröhnten herab. Ich fröstelte und hielt die Augen niedergeschlagen. Ich fror und schlurfte durch den von Schülerstiefeln ganz und gar niedergetrampelten und vermatschten Schnee, der, rechts und links zu Wällen angeschaufelt, Eiskrusten gebildet hatte. Ich schämte mich, die Winterstiefel schienen aus Blei. Ich ging nicht einfach den Kirchberg hinunter, sondern bog ab in die *Obergasse* an *Röses* Anwesen vorbei und dachte: Was werden sie sagen zu Hause, wie kann ich Frau Marin und ihm unter die Augen treten? Und sagte plötzlich laut: »Meine Ehre ist verloren, ich möchte sterben!« Da hörte ich Schritte hinter mir und erschrak. Ich blieb stehen. Die Schritte zerknirschten nicht mehr den Schnee. Ich ging weiter, schneller jetzt, zwischen spärlich erleuchteten Fachwerkhäusern, am Blauen Löwen scharf um die Ecke, sah die Skatspieler am Stammtisch sitzen hinter Butzenscheiben und begann zu rennen.

Die Schritte in meinem Rücken rannten auch. Und ich sah drei Gestalten im Lichtschein der plötzlich geöffneten Wirtshaustür, aus der unwillig eine Stimme rief: »Was ist denn los da draußen, verdammt«, erkannte Horst Pingeberger an seinem roten Schopf und wußte, wer die anderen beiden waren, und spürte ein heftiges Seitenstechen, wurde langsamer, blieb, hechelnd an die Stadtmauer gelehnt, einfach stehn und wußte: Jetzt bist du dran.

Sie grinsten eisig, und eisig pfiff der Wind den Berg hinauf. »Ei, ei, unser kleiner Fleischlieferant!« sagte Pitter.

»Wie schnell der laufen kann mit seinen kurzen Beinchen!« sagte Dieter Flimm. »Und heute ganz ohne Keule, schau an!«

»Die Zeiten ändern sich«, sagte Horst Pingeberger und lachte.

»Halt die Fresse«, zischte Pitter Ficke. »Heute haben wir dir ein Keulchen mitgebracht!«

Und er streifte einen Schlagring über die linke Hand, die blitzschnell an meinem Ohr vorbeizischte.

Die Faust mir unter die Nase haltend, sagte er trocken: »Wenn die Knospe aufgeht, dann gehst du unter!«

»Also los, antworte!«

»Der Gabriel war heut nicht in der Penne?« fragte Dieter Flimm. »Und du weißt, warum!«

»Ja.«

»Spuck's aus!«

»Er ist verreist!«

»Wohin?«

»Das weiß ich nicht.«

Da sah ich Pitters Arm rückwärts sicheln, die Faust zustoßen und empfand einen vernichtenden Schmerz, der mich gegen die Mauer warf. Ich lag im Schnee, spürte ganz nah Kälte und Nässe, wollte schreien und hörte mich röcheln, würgen und sah die drei Körper spitz über mir zusammenstoßen, hörte wieder eine Stimme: »Na, wohin ist er verreist?!«, und endlich hatte ich Luft und schrie, so laut ich konnte:

»Nein . . . nein . . . nein!« An ein paar schnelle Tritte erinnere ich mich noch, die nicht mehr schmerzten, und sehe die Körper sich abdrehen und höre Stiefel stampfen, den Berg hinunter und in die Dunkelheit, und sah den Winterhimmel, dann den Löwenwirt über mir und hörte seine Stimme: »Na, da hast du aber Glück gehabt, daß wir dein Brüllen gehört haben!«

Er half mir auf und betastete meinen Körper: »Noch alles dran. Jetzt aber nichts wie heim! In solchen Zeiten sollten sich Pimpfe wie du nicht in der Dunkelheit rumtreiben!«

10

In der Eingangshalle brannte Licht. Hinter Mattlack, in ebenholzschwarze Hintergründe gebannt, blickten sie aneinander vorbei, die Marinschen Ahnen, unnahbar stolz, und schwiegen mich an.

»Aha!« sagte der eine Herr. »Jetzt sind wir vollzählig. Setz dich, Jungchen!«

Die eng gegürtelten Ledermäntel hatten sie anbehalten, und die Hutkrempen verschatteten ihre Augen.

»Nein, ganz vollzählig sind wir nicht!« sagte der andere Ledermantel und stippte Zigarettenasche auf den Fußboden. »Da fehlt doch noch einer?«

»Heißt er nicht Gabriel Marin?« sagte der andere Herr.

Frau Marin war kalkweiß, und weiß waren ihre verschränkten Hände aufwärts von den Fingerwurzeln. Die Großmutter schob die Unterlippe vor.

»Mit welchem Recht, meine Herren, dringen Sie hier ein, erteilen Befehle und stellen Fragen?«

»Liebe gnädige Frau!« antwortete der, der am Ofen stand. »Wir tun nur unsre Pflicht, das alles ist durchaus nicht persönlich zu nehmen. Ich bitte Sie!«

Der andere verkniff die Augen, weil blauer Dunst unter seine Hutkrempe stieg.

»Es gibt da«, sagte er leise, »ein Gesetz zum Schutze des deutschen Blutes und der deutschen Ehre vom fünfzehnten September neunzehnfünfunddreißig. Da heißt es unter anderem: Verkehr zwischen Juden und Staatsangehörigen deutschen oder artverwandten Blutes ist ver-boten!«

»Und wer«, fuhr der andere fort, »dem Verbot dieses Paragraphen zwei zuwiderhandelt, wissentlich oder unwissentlich, wird mit Zuchthaus oder Gefängnis bestraft!«

»Wir sind deutsche Patrioten und sind uns keiner Schuld bewußt!« sagte die Großmutter. »Und da Sie so gut informiert sind, wird Ihnen nicht unbekannt sein, daß mein Schwiegersohn, der Generalleutnant Marin, in eben diesem Augenblick mit seinen Truppen beteiligt ist an den schweren Kämpfen um Stalingrad! Nicht für sich, wie Sie wissen, für das Deutsche Reich und unser aller Vaterland, meine Herren!«

»Das wissen wir«, sagte der eine.

»Aber wir wissen noch nicht, wo der Junge ist.«

»Gabriel heißt er, nicht?«

»Ein seltsamer Name.«

»Er ist verreist! Und ich wüßte nicht, wie und warum Sie das hätten verhindern wollen!«

»Oha! Paul«, sagte der erste. »Was haben wir da für eine combattante Großmutter!«

Der *Paul* Genannte trat ans Fenster, die Hände auf dem Rücken, und führte ein Selbstgespräch:

»Dieser Krieg ist der jüdische Weltkampf gegen die Befreiung der arischen Menschheit aus der geistigen und materiellen Hörigkeit Alljudas!«

»Da hast du wohl recht«, sagte der erste. »So steht's in

allen Zeitungen zu lesen, immer wieder, für jeden, der lesen will und kann!«

»Kurz: Es geht ums Überleben der arischen Rasse in Gegenwart und Zukunft!«

Paul, den wir nicht kannten, der sicher nicht aus Werflo stammte, schwieg beleidigt.

»Ich halte Sie«, begann der andere wieder, »alle für klug und einsichtig genug und, wie Sie selber schon zum Ausdruck brachten, verehrte Großmutter, außerdem noch für gute deutsche Patrioten. Deshalb machen Sie's kurz! Also, wo ist der Junge?«

»Nein!« sagte die Großmutter. »Und ade!«

Und da riß er ein Brotmesser an sich, durchbohrte zwei Bratäpfel auf dem Küchenherd, aus denen Saft zischte, und schrie:

»Schluß jetzt! Sie wissen, und wir wissen, daß dieser Bursche Volljude ist, adoptiert vor zehn Jahren und seitdem der Justiz durch die Maschen geschlüpft!«

»Und das hier«, schrie der andere, »ist ein Haftbefehl, blanko! Es liegt an uns, auch Ihre Namen einzutragen!«

Und er schwenkte das Papier auf und nieder und schmetterte die gespießten Äpfel dicht über Großmutters Kopf an die Wand.

»Unsre Zeit ist kostbar!«

»Wo ist der Bengel, raus damit!«

»Verreist ist er nach Nimmerleinsland«, sagte die Großmutter und lachte, »spielen Sie sich hier nicht auf, meine Herren, und vergessen Sie nicht, wo Sie sind!«

Da schlug ihr der Paul Genannte kräftig über den Mund.

Großmutters Gesicht flammte, und sie stieß Schreie aus, die lauter wurden und spitz, und greinte dazwischen:

»Eine alte Frau zu schlagen, ist das eine Heldentat... achtzig Jahre mußte ich werden, um das zu erleben! Die Beschwerde ist Ihnen sicher, darauf verlassen Sie sich!«

Da heulten wir mit, und der harte Gesichtsausdruck der Männer ließ Zweifel durchscheinen und Verwirrung und hilflosen Überdruß, und der eine verließ das Fenster, der andere den Ofenbereich, vor der Tür stießen sie zusammen, sahen aus wie Zwillinge in Ledermänteln und Hüten, drehten sich beide, schon in der Halle stehend, um und riefen: »Wir kommen wieder! Verlassen Sie sich drauf!«

Und der Paul Genannte steckte den Kopf noch mal ins Licht und sagte hämisch: »Und dann bringen wir sie mit, den alten Leuthold und die Judensau!«

Die Glocke schepperte am Portal. Wir saßen reglos und schweigend, und nur die Großmutter kicherte in sich hinein, und ihr Kopf glich einem Pendel, das einen Stoß erhalten hat.

Da summte Frau Marin in die Stille, und ihr pechschwarzes Haar hatte plötzlich einen Grauschimmer, der mir vorher entgangen war.

»Ich hoffe, er ist auf dem Meer oder schon in England und in Sicherheit, der Junge.«

»Ja, Mutter, jaah, jaah«, sagte Marin, »das wünsch ich mir auch!«

Kurz darauf saßen wir nur noch zu dritt um den Küchenherd. Frau Marin, die einfach sitzen geblieben war, wortlos und erschöpft, und dann Marin und ich. Wir hatten die Großmutter ins Obergeschoß gebracht, wo sie, in Decken gehüllt, in die Dunkelheit hinausgestarrt und gesagt hatte: »Laßt mich ein bißchen allein, ihr Jungs, eine alte Frau wie ich braucht Ruhe, viel Ruhe!«

Als wir uns durch den langen, eichenholzgetäfelten Gang zurücktasteten, hatte ich Marin von dem Überfall am Gefangenenberg erzählt, und er war schweigend mir voraus um die Ecke vor der Herrenzimmertür gebogen, immer auf dem Purpurläufer, der die Schritte und meine Stimme dämpfte, hinein in den Lichtschimmer, der von unten herauf die breite abwärtsführende Treppe und dann auch sein Gesicht matt beleuchtet hatte. Als wir hinuntertapsten, war er plötzlich stehngeblieben, hatte seine Augen, an meinem Gesicht vorbei, etwa dorthin gerichtet, wo in der weiträumigen Halle der Kristallüster Strahlen brach, und hatte gesagt:

»Ich weiß nicht, warum, aber sie hassen uns im Dorf, dich und mich, uns alle, die wir in diesem Hause leben. Besser, wir wären fort!«

11

So flüchtig der Herbst gewesen war, dieser nachfolgende Winter hat sich eiskalt in die Erinnerung eingegraben. Das Hochwasser auf den Weiden erstarrte in den Dezembertagen zu einer kilometerweiten Eisfläche, von der sich Zaunspitzen und die kahlen, parallelen Reihen der Erlenbüsche schwarz und verloren abhoben gegen die Lahnberge. Es war die Zeit der Wollsammlung fürs Winterhilfswerk, zu der Bürgermeister Prediger und Ortsgruppenleiter Flimm die Bevölkerung Werflos aufriefen, eine Dorfbevölkerung, die selber in Lumpen und zerrissenen Schuhen fror.

Es war auch die Adventszeit, ohne Kerzen und Lametta, und ein Weihnachtsfest stand bevor, das mit glänzenden Augen zu feiern niemand Grund hatte: Die Nachrichten vom Heldentod junger Werfloer Bauernsöhne, gefallen im Kulturkampf gegen bolschewistische Barbaren, hatten sich derart gehäuft, daß kaum noch ein Gehöft oder Haus zwischen Werflos Mauern zu finden war, in dem nicht die Zeichen auf Trauer standen, in dem nicht der Ortsgruppenleiter Flimm den unausgesprochenen Spitznamen *Leichenbitter* oder *Todesvogel* auf diese oder jene Art zu verspüren bekam. Denn als Überbringer der Nachrichten sah man ihn lieber gehn als kommen. Die letzte Meldung über

Stalingrad hatte düster geklungen:

Südwestlich Stalingrad und im Großen Don-Bogen sind die Sowjets unter rücksichtslosem Einsatz von Menschen und Material in die Verteidigungsfront eingebrochen. In harten und wechselvollen Kämpfen wurden mehrere Hundert feindliche Panzerkampfwagen vernichtet. Verbände der deutschen und rumänischen Luftwaffe griffen trotz ungünstigen Flugwetters laufend in die Erdkämpfe ein. In Stalingrad selbst nur örtliche Kampftätigkeit.

Das war noch im November gewesen, vor dem Einbruch eines erneuten, fast greifbaren Schweigens in unsre Hausgemeinschaft, in die Gabriels Flucht eine Lücke gerissen hatte, die größer wurde, weil nun auch die Mütter, als Arbeitskräfte auf dem Schebitzschen Anwesen für überflüssig befunden, in der Munitionsfabrik am Stadtwald der Rüstungsindustrie Handlangerdienste leisten mußten. Die Großmutter sei Manns genug, den Haushalt und uns Kinder zu versorgen, befand die NSDAP-Leitung, und außerdem, fügte Herr Flimm hinzu, habe man ja allen Grund, durch rücksichtsloseste Aufopferungsbereitschaft für Vaterland und Endsieg wiedergutzumachen, was man durch Fluchtbeihilfe am Führer sowie am deutschen Volke verbrochen habe. Einer für alle, alle für einen! Gott sei Dank, nein, dank des Führers und der Nationalsozialistischen Partei, gäbe es schließlich in unserem tausendjährigen Reich so etwas wie Sippenhaftung und kollektive Verantwortung! Ist das klar?

Worauf die Großmutter wieder mal die Unterlippe springen ließ und den Prediger Salomo zitierte:

»Es ist alles ganz eitel, sprach der Prediger, es ist alles ganz eitel. Was hat der Mensch für Gewinn von all seiner Mühe, die er hat unter der Sonne? Ein Geschlecht vergeht, das andere kommt; die Erde bleibt aber ewiglich.«

Und der Ortsgruppenleiter schrie sie an:

»Willst du wohl dein Maul halten, geschwätzige Alte!«

Und ungerührt wie im Selbstgespräch fuhr sie fort:

»Ich sah alles Tun, das unter der Sonne geschieht; und siehe, es war eitel Haschen nach dem Wind. Krumm kann nicht schlicht werden, noch, was fehlt, gezählt werden!«

Da hatten seine Stiefel den Küchenboden gestampft, da hatte er von Wehrzersetzung, von Dolchstoß in des Volkes Rücken gesprochen und dann gebrüllt: »Verjudetes Pack, dich sollte man ausradieren!«

Wir hatten dabeigestanden und gezittert, und Frau Thomsen hatte die Hände gerungen und ausgerufen:

»Gott, Großmutter, Sie bringen uns noch allesamt ins Grab mit Ihren Sprüchen!«

Und die Alte hatte nur den Kopf geschüttelt, und das Schweigen war von den dicken Basaltwänden gerückt. Und schloß sich auch um Frau Leuthold, die, während vorn am Portal die Glocke wild schepperte und wir durchs Küchenfenster hindurch die schweren Reitstiefel treppabwärts stampfen hörten, heimlich durchs Hinterpförtchen, durch Waschküche und Vorratskammer eingetreten und in die Küche geschlichen war. Hilfesuchend stand sie da und setzte sich wortlos auf einen Stuhl.

»Sie wissen alles, die von der Partei«, flüsterte sie. »Flimm war bei mir und die *Gestapo* auch . . .«

»Ihr Mann war nicht davon abzubringen«, sagte Frau Marin, »ich habe das auch gar nicht versucht!«

»Er mißtraute der braunen Bande seit der Machtübernahme . . . und er haßt sie, seit Gernulf und Peter so sinnlos sterben mußten! Jetzt sind wir alt und allein, die Uhr ist abgelaufen!«

»Papperlapapp!« mischte sich die Großmutter ein. »Schaun Sie mich an. Wer wird denn den Mut verlieren. Im Dorf gibt's nichts als Kinder, unglückliche Mütter und Alte. Wir werden gebraucht mit Rat und Tat, mehr denn je, in diesen schrecklichen Zeiten!«

»Die Nazis wissen alles und wir nichts! Sie haben die Macht! Und sie werden siegen.«

Frau Leuthold preßte die Hände vors Gesicht, und ihre Schultern zuckten.

»Das Ende eines Dinges ist besser denn sein Anfang, ein geduldiger Geist ist besser denn ein hoher Geist.«

»Aber Georg, mein Mann, wenn sie ihn fassen, foltern und an die Wand stellen!«

Unbeirrt fuhr die Großmutter fort:

»Zur Zeit, wenn die Hüter im Hause zittern, und sich krümmen die Starken, und müßig stehen die Müller, weil ihrer so wenig geworden sind, und finster werden, die durch die Fenster sehen . . .«

»Mutter, hör auf, denk an Gabriel, auch er ist in Lebensgefahr, er, mein Mann und viele Millionen Menschen!«

»Wenn man auch vor Höhen sich fürchtet und sich scheut auf dem Wege; wenn der Mandelbaum blüht, und die Heuschrecke beladen wird, und alle Lust vergeht . . .«

Und da flossen auch meiner Mutter die Tränen, die Lippen bebten, und ihr Gesicht verzerrte sich: »Und ich!? Da liegt er schon seit Jahren unter französischer Erde, mein Mann, und jeder in diesem Hause spricht nur von sich selbst, von seinem kleinen Leid, und Sie zitieren fortwährend und ohne Unterlaß Bibelverse! Egoistisch ist das, kalt, herzlos . . .«

»Und gefährlich!« sagte Frau Thomsen, und die Großmutter, der zu Füßen Marin kauerte und sich das Haar kraulen ließ, schaute zum Fenster hinaus, über die Dächer hinweg in die weiße, glitzernde Ebene und sprach unbeirrt zu Ende:

Denn der Staub muß wieder zur Erde kommen, wie er gewesen ist, und der Geist wieder zu Gott, der ihn gegeben hat.

Dann schwieg sie beharrlich, ließ Stimmen und Worte in den Stimmen einfach weiterhaspeln, als ginge sie das nichts mehr an.

»Vielleicht haben sie ihn längst gefaßt und auf Nimmerwiedersehn in einem KZ verschwinden lassen, das Deutsche Reich ist riesengroß!« bemerkte meine Mutter.

»Von der Maas bis an die Memel«, sagte Gesa.

»Solange wir nichts wissen, können wir hoffen!« sagte Frau Marin. »Vielleicht haben sie's geschafft. Nordseeküste und mit den Fischern, die er kennt, über den Kanal nach England, das war der Plan.«

»Und die Fliegerangriffe? Die Sperren und Kontrollen auf dem Weg?« Frau Leuthold schüttelte traurig den Kopf. »Der Weg zur Küste ist weit und der über den Kanal ins feindliche Britannien noch weiter . . .«

»Bitte«, sagte Frau Marin, »wir dürfen die Hoffnung nicht verlieren . . .«

Leise war ihre Stimme und mutlos.

»Hoffen und warten!«

Frau Leuthold war aufgestanden.

»Warten, nichts als warten«, sagte Frau Thomsen und dachte an U-Boote im Atlantik.

Die Petroleumlampe wurde runtergeschraubt, bald darauf gelöscht. Gesa schlief im Zimmer ihrer Mutter, im gleichen Bett. Von nun an waren wir nur noch zu zweit. Die beiden anderen Betten standen leer. Und der Anblick der kalten, feldgrauen Matratzen erinnerte uns nächtlich daran, wie einsam es geworden war, ohne Kinderlachen, ohne das Geräusch freundlicher Männerstimmen, ohne knisternde Holzscheite im Kamin des Herrenhauses, das zeitbeladen und uralt, hoch oben über den Dächern Werflos, in der Schwebe zu hängen schien.

Wieder war es Marin mit seiner Geige, der gegen die tödliche Stille im Hause anspielte. Vergessen stapelten im Keller Bach-, Mozart- und Beethoven-Noten, Marin fiedelte in der kalten Eingangshalle, was ihm der Augenblick eingab: abgehackte Tonfetzen, durchzogen von schneidenden Akkorden, disharmonisch und grell; und wurde des Spiels nicht müde, das aus den vier Saiten brach, bemerkte nur, daß wieder eine Woche dahingegangen war, und sah wohl nicht, daß sein Gesicht die Farbe gelöschten Kalks angenommen hatte und zerrissen wirkte wie das Klangbild seiner Töne.

12

Draußen vor dem Eisblumenfiligran des Küchenfensters, über die ganz und gar verschneite Erde, durch eine frostverklebte Nacht, hetzte der Winterwind.

Und als die Flammen im Herd zuckten, als das feuchte Holz knackte, als die Feuergeister ihren Schattentanz gegen die Kalkwände ziselierten und Marin rechts, ich links, beide eng gegen die Großmutter gekuschelt, die Geisterstimmen von draußen und drinnen belauschten, da sagte Gesa, die auf ihrem Schoße saß: »Bitte, Omi, erzähl uns eine Geschichte!«

Wie von fern sah sie uns an mit ihren blauen, leuchtenden Augen und antwortete:

»Wo Kummer herrscht und Sorge Feldmarschall ist, da ziehen sich die Geschichten tief in die Erde zurück!«

»Bitte, Großmutter, versuch's«, bat auch Marin, und ich spitzte die Ohren.

Da lehnte sie sich zurück, schloß die Augen und glich sekundenlang dem Uhu, der in unsrer Eibe haust.

Sie lächelte und sprach:

Lied des Gefangenen
Heinrich Heine

Als meine Großmutter die Lise behext,
Da wollten die Leut sie verbrennen.
Schon hatte der Amtmann viel Tinte verklext,
Doch wollte sie nicht bekennen.

Und als man sie in den Kessel schob,
Da schrie sie Mord und Wehe;
Und als sich der schwarze Qualm erhob,
Da flog sie als Rab in die Höhe.

Gesa klatschte in die Hände, und ich sah, wie aus Großmutters hageren Schulterknochen, aus dem selbstgewebten schwarzen Kleid schwärzere, dichtbefiederte Flügel wuchsen.

»Noch. Noch mehr!« rief ich begeistert, und Marin fügte hinzu: »Großmutter, erzähl uns die Geschichte von dem Haus, in dem wir wohnen!«

»Das ist eine sehr lange Geschichte und nicht einfach«, war ihre Antwort, »aber ich will's für euch versuchen!

Es war einmal vor langer, langer Zeit, gemessen an der Ewigkeit jedoch nur einen Herzschlag lang entfernt, ein König. Der hatte ein großes Reich.«

»Wie hieß der König?« fragte Gesa.

»Er hieß der König Nimmerfroh, mein Kind. Und wenn immer die Zeit kam, daß er traurig wurde, befahl er, das Lieblingsroß zu zäumen, schwang sich in den Sattel und ritt davon. Eines seiner Häuser war der Güldenhof, dieses Haus, in dem ihr sitzt. Es war gebaut wie alle seine Königshöfe, an einen Berghang, damit, wenn er rastlos und traurig durch die Zimmer schritt, er hinausblicken konnte, weit, weit übers Land, über Ohm und Wohra. Zum

Schutze ließ er zur Fallseite des Berges eine dicke Mauer um sein Anwesen ziehen. Und das erwies sich als richtig. Denn es kamen die Reiterstämme der Magyaren. Die zogen auf ihren Pferden mordend und plündernd durch sein Reich. Da scharten sich die Menschen um den Güldenhof, bauten Häuser und eine Mühle und zogen um ihre Häuser und um die Mühle eine höhere Mauer aus dickem Basalt.«

»Unsre Stadtmauer?!« rief ich aus.

»Ja, diese Stadtmauer. Und das war im Jahre neunhundertunddreiundzwanzig. Der König Nimmerfroh starb, wie wir alle sterben müssen, eines Tages, und sein Sohn übernahm wohl die Kriege, den Güldenhof aber, den liebte und wollte er nicht und auch nicht den kleinen Ort zwischen Wohra und Ohm, den man Werflo genannt hatte. Könige kamen und gingen. Die deutsche Kirche wurde gegründet. Die Kriege blieben. Mal kämpfte man um Land, mal kämpften sie um des Glaubens willen. Immer ging's um Macht, immer floß Blut, stets starben viele, viele Menschen. Friede kam und Friede ging. Die Kriege blieben.«

»Weiter, Großmutter, erzähl! Wann kamen die Marins in dieses Haus?«

»Jahrhunderte, ihr Kinder, dauert das noch. Jahrhunderte voller Zwist, Haß, Mord, Brand und Totschlag. Ich will euch Namen nennen. Namen, heute nichts als Schall und Rauch! Klangvolle Familiennamen damals. Jeder einzelne steht gut für ein Geschlecht, für Aufstieg, Reichtum und Macht, für Leid, Umnachtung, Niedergang und Tod, Ritter, Edelleute, Fürsten, Ordensvögte ...

Hartmann von Schröck,

Heinrich zu Löwenstein,

Heidenreich von Derbach,
Johann von Hohenfels,
Johann Schenck zu Schweinsberg,
Augustin von Berlepsch,
Franz von Hatzfeld ...

Und dann kam die Zeit des großen Martin Luther, der die Kirche reformierte im sechzehnten Jahrhundert, der die lutherischen Protestanten zur Rebellion gegen die Allmacht des Papstes führte, der widerrufen sollte vor den Kardinälen, ja vor dem Kaiser selbst, und der stolz und trotzig rief: ›Hier stehe ich und kann nicht anders!‹ Ja, ihr Kinder. Er hat unsre Bibel übersetzt und auf der Wartburg in größter Einsamkeit mit dem Teufel selbst gerungen. Noch heute könntet ihr an der Tapete in seinem Arbeitszimmer den Fleck sehen, wo das Tintenglas zersprang, das er in höchster Gewissensnot gegen den Satan warf!

Das Geschlecht der Marins? Ja, das lebte schon. Von Generation zu Generation, sammelte Kraft und Mut und trat zur Zeit des dreißig lange Jahre währenden Krieges, der mit Brand, Verwüstung, Mord und Pestilenz vom Süden Deutschlands nach Norden, Osten und Westen zog, zum erstenmal in die Geschichtsbücher und in den Mund des Volkes ein. Da lebten in Werflo, im Güldenkönigshof, der jetzt einfach Gillhof genannt wurde, weil nicht mehr Könige, sondern einfache Bürger den Besitz verwalteten, zwei Brüder, Dietrich und Heinrich Marin. Der eine, Heinrich, ihr kennt sein Bild aus der Ahnengalerie, war ein starker lebenslustiger Mann mit dichtem Vollbart und wilden feurigen Augen. Er trank gern, aß viel und war beliebt bei den Werfloer Bürgern. Und weil er ein gutes Herz hatte, jeden Streit zu schlichten wußte und denen, die im

Elend standen, zu Hilfe kam, machten sie ihn zu ihrem Bürgermeister. Der andere, Dietrich Marin, war schon als Kind dem geistlichen Beruf bestimmt worden. Früh legte er die Kutte an, lernte eifrig auf der Klosterschule, wurde ein Gefolgsmann Luthers und später Pfarrer in seinem Heimatort. Als dann während des Dreißigjährigen Krieges die Katholiken und Protestanten sich mit äußerster Grausamkeit bekämpften, ausplünderten und umbrachten, als im Gefolge von Elend, Not und Krankheit unter der Bevölkerung Hessens die Pest ausbrach und auch in Werflo die Menschen dahinraffte, da, ihr Kinder, wurde der Gillhof Ort eines gewichtigen Ereignisses. Der Pfarrer Dietrich Marin sah das Elend der Bevölkerung und konnte es nicht länger mehr mit ansehn!

Und was tat er? Er schloß sich in sein Zimmer ein, drei Tage und drei Nächte lang. Er fastete, lag auf den Knien in tiefem Gebet und sprach mit Gott. Und in der dritten Nacht endlich, da erleuchtete ihn der Herr, und eine Stimme sprach: ›Geh hin und halte einen Banngottesdienst in den Katakomben!‹«

»Was sind Katakomben, Großmutter?« fragte Marin und schob ein Holzscheit in die niedergebrannte Glut.

»Das waren unterirdische Gebets- und Versammlungsstätten der frühen Christen in Rom, die vom Kaiser Nero verfolgt und den wilden Tieren vor allem Volke zum Fraß hingeworfen wurden.

Dietrich Marin lud seinen Bruder und den Rat in das düstere Kellergewölbe unter dem Gillhof zum Gottesdienst ein. Er wollte streiten wider den Teufel. Kerzenlicht flackerte auf dem Altartisch, Schatten hüpften über Schädel und Totengebein, Duft von Weihrauch und Myrrhen schlug den Männern entgegen, als sie in die feuchte Luft des Gewölbes traten, um den Geruch von Pestilenz und Teufelsdreck zu bannen. Sie konnten kaum atmen, als nun die heilige Handlung begann. Mit gefalteten Händen standen die Männer und sprachen im Flüstertone mit: ›Und nehmen sie uns den Leib, Gut, Ehr, Kind und Weib ... Es muß uns doch gelingen!‹ Und was glaubt ihr?! Es gelang, das schwere Werk. Die Pest wich und ist nie wieder über Werflo gekommen!

Seitdem ist dieses Haus im Besitz der Familie Marin geblieben. Vor der Stadt gehörten dazu Ländereien, über tausend Acker, und die Wetzelwiesen, an denen eine Bestimmung hing:

Die Marins waren zur Heuernte nur berechtigt bis zum alten Jakobstage. Danach durften die Bürger Werflos diese Wiesen mit Zug- und dem Schrägevieh behüten und begrasen bis zur Walpurgisnacht.

Friede kam und Frieden ging, die Kriege blieben, ihr Kinder. Krieg um Krieg! In jedem Jahrhundert ein paar. Millionen Menschen starben gewaltsam. Die, die übrigblieben, lernten Demut, Liebe zueinander und Achtung vor dem Menschenleben nicht. Das Deutsche Reich zerfiel. Die Fürsten bekriegten einander. Die Fürsten schlossen kurzen Frieden, die Fürstentümer wurden geeint, mit Gewalt und der Vormacht Preußens. Preußen wurde stark. Doch stärker wurde Frankreich. Unter Napoleons Führung wurde Preußen besiegt, wurde Österreich besetzt, wurde Ägypten erobert und sollte auch das große, weite Rußland französisch werden! Napoleon war ein Feldherr. Seine Soldaten vergötterten ihn und hatten die Kaiserkrone auf sein Haupt gesetzt, und sieggewohnt, wie sie waren, zogen sie hinter dem Kaiser und der Trikolore durch Rußlands weite Steppen. Ein Heer von sechshunderttausend Soldaten und Söldnern siegte in Smolensk und Borodino und wollte als letztes Moskau, die Hauptstadt, nehmen. ›Auf, Soldaten, auf nach Moskau. Im Kreml will ich sitzen und mit dem Zar speisen und feurigen Krimsekt trinken!‹, rief der Kaiser Napoleon. Das war im Oktober achtzehnhundertzwölf, Kinder, ein gutes Jahrhundert nur entfernt. Und sie zogen nach Moskau, und Moskau brannte, und sengend heiß war die Luft. Und der russische Winter kam über Nacht mit Schnee und Eis, mit Eis und Schnee, mit Hunger und Tod! Und das große, große Heer ward zerschlagen, der Kaiser besiegt, und er floh dem Heer voraus in geschlossenem Schlitten, vorbei an den Toten, vorbei an den Erfrierenden, und ließ die Hungrigen zurück und wollte die Verwundeten nicht sehn und wollte nicht hören die Schreienden. Zurück kehrte er nach Paris und stellte ein neues Heer auf. Und wieder wollte er Krieg und Sieg. Er verlor in der Völkerschlacht bei Leipzig, verlor Reich, Heer und Ehre und wurde gefangen, wie's beschrieben ist im Gedicht von den zwei Grenadieren:

Nach Frankreich zogen zwei Grenadier,
Die waren in Rußland gefangen.
Und als sie kamen ins deutsche Quartier,
Sie ließen die Köpfe hangen.

Da hörten sie beide die traurige Mär,
Daß Frankreich verlorengegangen,
Besiegt und zerschlagen das große Heer –

Und der Kaiser, der Kaiser gefangen.

Da weinten zusammen die Grenadier,
Wohl ob der kläglichen Kunde.
Der eine sprach: wie weh wird mir,
Wie brennt meine alte Wunde!

Der andre sprach: das Lied ist aus,
Auch ich möcht mit dir sterben,
Doch hab ich Weib und Kind zu Haus,
Die ohne mich verderben.

Was schert mich Weib, was schert mich Kind,
Ich trage weit beßres Verlangen;
Laß sie betteln gehn, wenn sie hungrig sind –
Mein Kaiser, mein Kaiser gefangen!«

Ihre Stimme verklang. Unsre Wangen glühten.

»Und das Haus, Großmutter, das Haus, was geschah mit dem in diesen Zeiten? Erzähl bitte, erzähl!«

»Schluß jetzt! Das Haus blieb stehn in all den Kriegen, sonst säßet ihr nicht hier am warmen Küchenofen.«

13

Von Osten herauf, hinter Wolkengrau, geisterte die Sonnenscheibe in den Mittagszenit. »Sonne, liebe Sonne«, rief das Kind und reckte die Arme, während uns die Kälte biß und der Atemstoß aus unsren Mündern zu Rauhreif erstarrte. Das Grau am Himmel war dünn geworden, und wir konnten jetzt sehen, daß Wolken schwebend auseinanderfetzten, von Winden gezerrt und wieder abgekühlt, und spürten augenblicklich Wärme auf unseren Gesichtern und sahen, was wir Sonne nannten, herzschlaglang in unsre Augen brechen.

Kurz sind die Nachmittage in der Erinnerung geworden. Es blieb: das Zwielicht endloser Winternächte, die lautschluckende Monotonie der verschneiten, seit November nicht mehr von Tauwinden befreiten Erde.

In den Nächten richtete Marin sich auf und redete wirres Zeug, von dem er anderntags nichts wußte. Und da dies immer öfter, kurz nachdem er eingeschlafen war, geschah, blieb ich, der Angst hatte vor Sirene und Fliegerangriffen, wach und ließ mich von seiner Stimme beruhigen. Eines Nachts sprach er ganz klar: »Vater, lebst du noch . . . Vater, Vater . . . du mußt siegen . . .«

»Marin«, rief ich erstaunt und glaubte, er sei wach.

Doch sein Körper klappte aufs Bett, und ich hörte ihn tief und ruhig atmen. Und weil ich nicht einschlafen konnte, zählte ich Schafe. Und als ich mehr zusammen hatte, als drüben im Stall unter Klemms Obhut standen, war ich hellwach, weil mir bei jedem Schaf der dazugehörige Name eingefallen war: Anna, Elisabeth, Kunigunde, Heidi, Bella . . . und ich hatte Mohri, den Hirtenhund, bellen gehört und alle Schafe blöken und lag gemartert auf meiner Matratze. Und da plötzlich hörte ich etwas, das von draußen kam: ein metallisches Knirschen. Ich huschte zum Fenster, spitzte durch die Gardinenritze und sah drunten im Hof eine Gestalt, die auf Stiefelspitzen vom Eingangstor zum Stallgebäude schlich. Und weil das Licht des Mondes, den ich nicht sehen konnte, vom Kirchberg auf den Hof hinunterschien und der Schnee im Hof es aufnahm, brach und glitzernd zurückwarf, war zuerst der Rücken des Eindringlings gut beleuchtet und dann, ich hatte zu atmen vergessen, das dazugehörige Gesicht, das sich jetzt gegen mich und zum Herrenhaus hinauf gedreht hatte.

»Der alte Leuthold!«

»Wie bitte?« Marin war erwacht.

»Der alte Leuthold«, wiederholte ich. »Eben ist er in unser Stallgebäude geschlichen!«

Hellwach war Marin. Er stand neben mir. Und sah als Beweis dafür, daß ich nicht träumte, wie der schwere Eisenriegel an der Außenseite der Stalltür sich von links nach rechts bewegte.

»Wir müssen Mutter wecken!« Schon war er in die Pantoffeln geschlüpft, während ich keinen Blick von der Stalltür ließ, und kam kurz darauf, so leise wie er verschwunden war, mit Frau Marin in unser Schlafzimmer zurück. Und weil keine Geisterhand meine Glaubhaftigkeit untermauern und den Riegel noch einmal bewegen wollte, sie mich jedoch ganz ruhig, aber prüfend anschaute, blickte ich ein letztes Mal in den Hof hinunter, und sah, was mir eben noch entgangen war: »Schau! Die Stiefeltapsen im Schnee«, dachte ich laut und war erleichtert.

»Vom Tor zum Stall«, fügte Marin hinzu, »und ganz frisch!«

»Gut. Ihr bleibt stehn und beobachtet die Tür«, sagte sie, »ich gehe runter und spreche mit dem Mann.«

Keinen Laut gaben wir von uns außer dem Geräusch, das zwei Kinder machen, die stockend atmen, und kein Knarren oder Tappen hörten wir, als Frau Marin sich vom ersten Stockwerk des Herrenhauses durch den langen, dunklen, verwinkelten Gang, die Treppe hinunter, die Glocke am Portal mit der Hand abschirmend, zum Portal hinaus in die Eisluft der Veranda bewegte.

Verstrickt waren wir in diese durch Stromsperre absolut künstliche, von Mond- und Schneelicht wider das Gesetz durchbrochene Dunkelheit, in der Werflos Höfe und Giebelsilhouetten zwar schweigsam, aber für jedes Flugzeug himmelhoch sichtbar kauerten, weil eine Nacht wie diese keinen Schutz gewähren kann. Eingemauert waren wir bereits, ohne das zu wissen, in eine Geschichte von Schuld und Verstrickung, von Verstrickung und Tod, die ihren Anfang ohne unser Zutun genommen hatte, die ein Ende nehmen würde, das wir vielleicht ahnten, das viele als gesichert hinnahmen, gegen das die meisten sich ohnmächtig fühlten, obgleich sie's nicht hätten sein müssen.

Da stand Frau Marin im Hof. Da schlich sie, als würde

alle Welt ihr zuhören, auf Zehenspitzen durch den verharschten Schnee, die frischen Stiefeltapsen austretend und verwischend. Da schob sie mit einer an Ewigkeit gemahnenden Langsamkeit den Riegel von rechts nach links, zwängte sich durch den Türspalt und war im Stall verschwunden. Wir hörten nichts und sahen nichts, was wir nicht vorher schon gesehen, und konnten trotzdem unsre Augen nicht losreißen von der Tür, wagten nicht, wie unter Geisterzwang, unsere Körper zu entkrampfen. Die Zeit blieb einfach stehn in dieser nicht meßbaren Erregungsdauer und tat einen Sprung nach vorn, als das Türholz wiederum in Bewegung geriet und gegen die weder sichtbare noch greifbare Eisluft klirrte. Wir zuckten zusammen. Da traten sie heraus, die zerbrechliche Frau und Georg Leuthold, in die lichte Dunkelheit, zogen unter dem Mond zwei weithin sichtbare Spuren, hatten die Steintreppe erreicht, die zur Veranda emporführte, und tauchten erst wieder auf vor dem Portal. Und das führte ins Haus.

14

Der Hof, noch vor dem Morgengrauen, verwehte im Wind. Der Alte, seit Tagen der Kälte ausgesetzt, bei Licht sich verbergend in Scheunen und Wäldern, nachts auf Güterzügen südwärts rollend, geriet in Schwierigkeiten, als er das Portal des Herrenhauses öffnete, um Schutz zu suchen hinter tausend Jahre alten Mauern. Laut schepperte die Glocke zwischen Tod und Morgen. Frau Marins dämpfende Hand kam zu spät. Was vielleicht unter uns hätte bleiben sollen, war an die Glocke gehängt, die Mütter erwachten sofort, Großmutter stieg als erste bei Kerzenschein die Treppe hinab, bald darauf waren wir allesamt am Küchenofen versammelt, nur Klein Gesa schlief weiter und wußte von nichts. »Leid tut's mir«, sagte der alte Leuthold, »daß es so gekommen ist. Ich bin wohl doch zu alt für kriegerische Unternehmungen.«

Reglos saßen wir alle, und Frau Marin wurde aschfahl im Gesicht. Leuthold, zwei Finger seiner Rechten in Mundhöhe gespreizt, an einer Zigarre saugend, die nicht sichtbar war und keine Funken sprühte, blickte sie an.

»Als sie uns stoppten auf einer verlassenen Landstraße zwischen Hannover und Celle, da wußte ich sofort: Die suchen nicht irgend etwas. ›Was haben Sie geladen?‹

›Weizen für Hamburg.‹

›Ausladen!‹

Den Motor hatte ich laufen lassen. Der Auspuff wärmte, und sie ließen's geschehen. Sack um Sack banzte ich auf den Teer zwischen ihr Fahrzeug und meinen Hanomag. Und weil's so kalt war, und weil ich sehr langsam ablud, immer denkend: der Junge, der letzte Sack ist sein letzter Schutz, legten sie ihre Maschinenpistolen zur Seite und halfen mir.

›Los, Alter. Schneller! Wir wolln hier keine Wurzeln schlagen!‹

›Ich schalte den Motor ab. Sprit‹, sagte ich, ›wird gebraucht an der Front.‹ Ich sprang ins Führerhaus, legte den Gang ein und raste los. ›Halt dich fest, Junge‹, brüllte ich nach hinten. Schüsse hämmerten irgendwo durchs Blech, ein Wald tauchte auf am Straßenrand, eine Fuhrstraße schnitt in den Wald, ich kurvte ein. Scheinwerfer aus, Motor aus. Stille. Absolute Dunkelheit. ›Junge, komm runter, schnell, wir müssen durch den Wald!‹ Als keine Antwort kam, wußte ich, das Spiel ist verloren, so oder so. Mit der Taschenlampe stieg ich nach hinten. Nichts, nichts. Kein Blut. Kein Gabriel!

Da hörte ich Motorenlärm und sah die Scheinwerfer durch die Bäume schwenken. Ich rannte los, tief in den Wald, weg von dem Hanomag auf der Langholzstraße . . .«

Der alte Mann, als habe erst mit diesen letzten Worten die Anspannung ein Ende genommen, physische Überforderung ihn eingeholt, sackte zwischen seinen Schulterknochen zusammen.

»Sie waren großartig!« Die Großmutter schob ihm heißen Kaffee über die Tischplatte. »Sie haben Ihr Bestes versucht!«

»Ich habe diese Pflicht übernommen, geplant und ausgeführt und habe, wie so oft, versagt.«

»Leuthold, keine Selbstvorwürfe zu dieser Stunde!« sagte eindringlich die Großmutter. »Sie haben Ihr Leben riskiert und riskieren es noch, während andere noch im Traume ›Heil Hitler‹ schrein!«

Da richtete er sein bartverstoppeltes Gesicht gegen uns alle und sagte: »Sie haben den Jungen, Gott sei ihm gnädig! Sie haben meinen Transporter mit Namen und Anschrift – und morgen früh wird die Gestapo an meine Tür klopfen ...«

Da verbarg er sein Gesicht in den klauenhaft hageren Händen, schwieg gegen das Schweigen der Mauern, gegen uns alle, die wir stumm saßen, an Totempfähle aus Stille und Angst gelehnt.

»Ich habe die Sache angefangen, und ich werde sie zu Ende bringen«, sagte er und zeigte uns wieder sein Gesicht. »Es muß ein Zeichen gesetzt werden für das ganze Dorf. Ich werde mich morgen früh der Gestapo stellen und alle Schuld auf mich nehmen.«

»Das werden Sie nicht tun!« sagte die immer noch aschfahle Frau Marin. »Die Gestapo war bereits bei Ihrer Frau und uns, die haben nichts Gutes im Sinn!«

»Fluchtbeihilfe für einen jüdischen Untermenschen, und das im Krieg!« sagte die Großmutter und schob die Unterlippe vor. »Man wird Sie binnen zwei Stunden aburteilen und an die Wand stellen, oder Sie verschwinden, was schlimmer sein könnte, auf Nimmerwiedersehn in einem KZ!«

»Dieser Krieg kann nicht mehr lange dauern! Dieser Wahnsinnige hat die halbe Welt gegen sich: Amerika, Rußland, England, Frankreich, Polen und all die anderen. Der Zusammenbruch ist nah. Und so lange werden wir Sie im Kellergewölbe verstecken!«

Wir Kinder lauschten gebannt.

»Das ist Verrat!« schrie meine Mutter. »Gemeiner Verrat an den Gefallenen und unsrem Vaterland. Mein Mann liegt nicht umsonst in der Fremde unter französischer Erde!«

»Und unsre Männer draußen an der Front«, sagte leise Frau Thomsen, »kämpfen die denn umsonst, werden die vielleicht sterben ganz ohne Sinn, für nichts als eine Niederlage?«

»Und wir selbst, Frauen und Kinder, in diesem Haus«, heulte meine Mutter, »erinnern Sie sich doch der Worte des Ortsgruppenleiters über Dolchstoß und Sippenhaft!«

Und jetzt sprach sie ihn direkt an, den alten Leuthold, der wortlos gesessen hatte, von einem Gesicht ins andere aufmerksam und traurig blickend.

»Können und wollen Sie die Verantwortung auf sich nehmen, daß man Sie hier in diesem Hause, von uns verborgen, findet? Daß wir alle, auch diese Kinder, Ihre unabwendbare Strafe zu teilen und mitzutragen haben? Wenn Sie die Stirn haben, bleiben Sie!«

»Ich gehe!« Leuthold stand auf.

»Armes, verblendetes Deutschland!« rief die Großmutter. »Wenn Sie gehen, werde ich höchstpersönlich mitgehen zum Ortsgruppenleiter Flimm. Der sitzt schon und wartet. Und werde ihm den gesamten Fluchtplan von Anfang bis zum bittren Ende erklären!«

»Dann sind wir alle mitschuldig«, schrie meine Mutter, »wir haben alle davon gewußt!«

»Genau.«

Die Großmutter hatte sich vor die Tür gestellt.

»Setzen Sie sich Leuthold! Und stimmen Sie zu! Sie werden dringend gebraucht, wenn das Strafgericht über Deutschland hereinbricht!«

Der alte Leuthold blickte sie an und schaute in die Runde und ließ seine grauen, gutmütigen Augen auf unsren Kindergesichtern verweilen und sagte dann ruhig:

»Ich werde jeden einzeln fragen.«

»Und die Antwort sei: ja, ja; nein, nein und was darüber ist, das ist von Übel!« erwiderte die Großmutter.

Und der alte Leuthold fragte zuerst die Frauen, dann uns, und jeder antwortete: »Ja.«

Die Großmutter fragte er nicht.

15

Gong,gong, gong, Bronze schlug gegen Eisen hoch oben im zugigen Glockenturm, schwer fielen die Töne aus der heiligen Kriegsnacht in Werflos Gassen ein. Ich erinnre mich, daß wir schrecklich froren, frierend saßen in den Kirchenbänken, in Uniformen oder Mäntel gehüllt, nach Blöcken geordnet: SS, SA, Deutsche Arbeitsfront, BDM, Reichsfrauenschaft, Hitlerjugend und Jungvolk, dazwischen, bei ihren Familien mit Orden und Ehrenzeichen, einzelne Fronturlauber, die sich sehr aufrecht hielten. Ja, so saßen wir dort mit vom Lichterbaum beglänzten Augen, sangen vielstimmig dieselbe Melodie, dieselben Worte:

Stille Nacht, heilige Nacht
Alles schläft, einsam wacht . . .

Hörten mit vielen Ohren die eine Predigt:

»Und nehmen sie uns den Leib, Gut, Ehr, Kind und Weib, es soll uns doch gelingen . . . denn er ist für uns gestorben, wie auch unsre Väter und Brüder ihr Leben hingegeben haben für die Heimat und uns . . . Aber . . .«, Pastor Malbrinck wurde ganz steif und sehr hymnisch, ». . . heute, an diesem heiligen Tag, sehen wir in der Ferne ein

Licht: das Licht eines neuen Morgens, für den wir kämpfen in der Heimat und an den Fronten, dem wir mit der ganzen Kraft unsres Glaubens zustreben! ... Schütze, Herr, mit starker Hand, Führer, Volk und Vaterland. Aaamen!«

Belastet und beladen waren wir alle. Zwar brannte auch bei uns noch der Weihnachtsbaum, sonderzugeteilt waren auf die Frauen je eine, auf uns Kinder zwei Kerzen, so daß auf dieser Tanne in der Eingangshalle zwanzig halbierte Kerzen brannten und verlöscht waren, noch ehe sich jeder ein Lied hatte wünschen können. Das Schweigen hinter den dicken Mauern war nicht dasselbe geblieben. Die unerschütterliche Wehrhaftigkeit des Marinschen Herrenhauses war von innen heraus rissig geworden, denn unter dem Haus hockte jemand so gegenwärtig, als säße er mit uns am Küchentisch, als läge er, sich versiebenfachend, nachts mit jedem von uns im Bett, wortlos zwar, aber brennend heiß, hautnah und dennoch weit entfernt im kalten Wind, der durch die Fensterritzen strich, flüsternd: Gefahr, Gefahr. Und manchmal, weder träumte ich, noch wachte ich, wurde mir das Ticken der Standuhr zu einem aus dem Kellergewölbe, vielleicht aus tieferen Tiefen emporsteigenden, mich ganz und gar verstörenden Mahnimpuls.

Zwischen den Jahren brachte Schulz, der Briefbote, Feldpost von Kapitänleutnant Thomsen, wenige Zeilen, Postamt: Atlantik: Liebe Luise, liebes Kind, von See ein kurzes Lebenszeichen, mir geht's gut, wünschte, ich könnte bei Euch sein! Hoffe sehr auf einen Urlaub im neuen Jahr. Sieg Heil, Euer Vater.

Frau Thomsen umarmte Gesa und uns und hätte beinahe Frau Marin das gleiche angetan. Der Generalleutnant war stumm geblieben, die Ostfront schwieg, und es tat schweigend, an den Schläfen grauer werdend, ihre Arbeit Frau Marin. Frau Thomsen fegte summend vor und hinter dem Besen die Eingangshalle. Meine Mutter weinte öfter und saß mit Vaters Brustbild, das an der rechten oberen Ecke einen Trauerflor trug, im Zwiegespräch.

Auch Marin hatte sich seiner Mutter angepaßt. Immer seltener vernahmen wir die zerrissenen Tonfolgen seiner Geige, ja, manchmal verschwand er stundenlang im Kellergewölbe und spielte überhaupt nicht mehr.

Die Jahreswende kam und verging, keine Feuerwerkskörper krachten, die Sektgläser klirrten nicht, Silvesterscherze blieben aus, und in den klaren, sterngezeichneten Neujahrshimmel, frei von Bombern und Nachtjägern, zischten keine Raketen. Unsre Hausgemeinschaft, aus Not zusammengewürfelt, zerbrach an der Not, an unausgesprochenen Ängsten, zersprang unter dem Druck des Geschehens, unter der Vorahnung des Nochnichtgeschehenen. Die Frauen mieden sich und vermieden den offenen Blick der Augen. Eine jede zog es in ihren Zimmerbereich zurück nach getaner Arbeit. Während Marin noch im Untergeschoß auftauchte mit seiner Geige, sahen wir seine Mutter tagelang überhaupt nicht mehr. Nur wenn ich den Werfloer *Menschenfreund*, nach dem sie verlangte, hinauf ins Obergeschoß in ihr Zimmer trug, wenn der Geruch von Druckerschwärze aus den Schlagzeilen in meine Nase stieg und ich gelesen hatte: *In Stalingrad, wo die Truppen ohne Munition mit der blanken Waffe kämpfen müssen, wurde in der Nacht vom 14. zum 15. 1. die Front in die Linie Bolschaja-Rassoschka, 5 km südostw.*

Noworogatschnik, zurückverlegt, wenn ich ihr solche Nachrichten ins kalte Zimmer bringen mußte, sah ich sie reglos im Plüschsessel am Fenster sitzen. In schwarzem Kleid, wie alte Frauen es tragen, wie's die Großmutter trug, die Arme parallel auf den Sessellehnen, die Hände rechtwinklig abgekippt, den Oberkörper kerzengerade aufgerichtet, saß sie wie erstarrt oder gleich einem Wachsmodell ihres eignen Körpers und flößte mir zuerst Schrekken, dann Grauen ein. Bei jedem Knarren der alten Holztäfelung etwa zuckte ich zusammen, mir einbildend, die wirkliche Frau Marin mit schwarzglänzenden Haaren, den zärtlich sanften Händen sei schattengleich hinter mich getreten und müsse nun vor ihrem eignen Abbild erschauern. Eilig legte ich die Zeitung auf denselben Stapel, auf dem auch die anderen lagen, und stellte eines Tages fest, daß sie die Blätter nicht mehr las, unberührt beließ, wie ich sie aufgeschichtet hatte, Nummer um Nummer, so daß Staub grau und lautlos sich darübergelegt hatte und atembeklemmend aufwirbelte, wenn der Stapel anwuchs. Ihr schmaler Kopf, das Haar zu einem strengen Knoten gebunden, schien in unverändertem Winkel zum Fenster gerichtet, auf jene Hälfte der Glasscheibe, die nicht durch vorgelegte Jalousien verdunkelt war, so daß sie auf die blendend weiße Schneelandschaft hinunterstarren konnte, auf irgendeinen unergründlichen Punkt zwischen Ebene und Lahnbergen. So sah ich sie Woche um Woche sitzen, als hielte sie Wache oder Ausschau nach jemandem, der nicht kam.

Und weil niemand sprechen wollte über das Geschehen an der Ostfront, studierte ich um so gründlicher die Nachrichten:

16. 1. 43

Im Raum von Stalingrad schlugen unsre Truppen, die dort seit Wochen in heldenmütigem Abwehrkampf gegen den von allen Seiten angreifenden Feind stehen, auch gestern starke Angriffe feindlicher Infanterie- und Panzerverbände unter großen Verlusten für die Bolschewisten ab. Führung und Truppe gaben wiederum ein leuchtendes Vorbild heroischen deutschen Soldatentums.

22. 1. 43

Die vom Gegner engumschlossene und dem starken feindlichen Druck hartnäckigen Widerstand bietende deutsche Kräftegruppe in Stalingrad hatte auch gestern schwere Kämpfe gegen die mit weit überlegenen Kräften anrennenden Sowjets zu bestehen. Trotz heldenmütiger Abwehr konnten die Verteidiger von Stalingrad den Einbruch von Westen her nicht verhindern, was zur Zurücknahme der eigenen Stellungen um einige Kilometer zwang . . .

31. 1. 43

In Stalingrad schob sich der Feind zunächst von allen Seiten näher an die Abwehrstellungen heran und griff dann konzentrisch an. Die unter persönlicher Führung des Generalfeldmarschalls Paulus heldenhaft kämpfende südliche Kampftruppe wurde auf engstem Raum zusammengedrängt und leistet den letzten Widerstand im GPU-Gebäude. Im Nordteil der Stadt wehrten die Verteidiger unter Führung des Generals der Infanterie Strecker die feindlichen Angriffe zum Teil im Gegenstoß ab . . .

Das war, wie ich wußte, das 9. Armeekorps, zu dem auch Generalleutnant Marin gehörte. Und ich brachte auch diese Zeitung ins Obergeschoß, und als Anfang Februar dreißig Zentimeter Neuschnee gefallen waren, stieg ich zum letztenmal empor und klopfte ganz leise gegen die Tür. Ein letztes Mal stieg der Duft der beiden weißen Hyazinthen, die neben ihr auf den Fensterbrett standen, süß und schwer mir zu Kopf, mehr als je zuvor klopfte mein Herz, als ich ihr diesmal die Zeitung direkt unter die Augen hielt.

»Ich weiß schon, mein Junge«, und ich erschrak über das fremdartige Geräusch, das ihre Stimme machte, und sah ihre Lippen lesend sich bewegen:

Der Kampf um Stalingrad ist zu Ende. Ihrem Fahneneid bis zum letzten Atemzug getreu, ist die 6. Armee unter der vorbildlichen Führung des Generalfeldmarschalls Paulus der Übermacht des Feindes und der Ungunst der Verhältnisse erlegen! Ihr Schicksal wird von einer Flakdivision der deutschen Luftwaffe, zwei rumänischen Divisionen und einem kroatischen Regiment geteilt, die in treuer Waffenbrüderschaft mit den Kameraden des deutschen Heeres ihre Pflicht bis zum äußersten getan haben.

Das Opfer der Armee war nicht umsonst. Als Bollwerk der historischen europäischen Mission hat sie viele Wochen hindurch den Ansturm von sechs sowjetischen Armeen gebrochen. Vom Feind völlig eingeschlossen, hielt sie in weiteren Wochen schwersten Ringens und härtester Entbehrungen starke Kräfte des Gegners gebunden. Sie gab damit der deutschen Führung die Möglichkeit zu Gegenmaßnahmen, von deren Durchführung das Schicksal der gesamten Ostfront abhing.

Die zweimal vom Gegner verlangte Übergabe fand stolze Ablehnung. Unter der Hakenkreuzfahne, die auf der höchsten Ruine von Stalingrad weithin sichtbar gehißt wurde, vollzog sich der letzte Kampf.

In Gedanken sprach ich die nun folgenden Sätze mit, und mein Herz raste in den Ohren, als wolle mir der Kopf zerspringen:

Generäle, Offiziere, Unteroffiziere und Mannschaften fochten Schulter an Schulter bis zur letzten Patrone. Sie starben, damit Deutschland lebe. Ihr Vorbild wird sich auswirken bis in die fernsten Zeiten!

Und da sah ich durch den Staub, der noch einmal von den Zeitungen aufwirbelte, ihre Lider zufallen, als sei sie erst jetzt, nachdem sie genau wußte, wieder fähig, Müdigkeit zu empfinden, und sah ihre linke Hand über die geschlossenen Augen wischen, wie man Traumbilder aus den Sinnen verscheucht, um zurückzukehren in eine von Grauen erstarrte Wirklichkeit.

16

Ja, so habe ich sie in Erinnerung behalten, die Frau des besiegten Generalleutnants Marin: zart, überfordert, vorzeitig gealtert und zerbrochen, hinter zwei vorgelegten, verriegelten, in den nächsten beiden Jahren nicht mehr geöffneten Jalousien, sitzend am Fenster im Hyazinthenduft. *Sie starben, damit Deutschland lebe!*

Mag sein, daß sie nach langer Pause sich im Sessel wieder aufgerichtet hat und zu mir sagte: »Schick mir Günther« oder: »Weiß es Marin schon?« Vielleicht sagte sie auch nur: »Geh jetzt, mein Junge, und sage Marin, daß sein Vater tot ist.«

Wie immer, ich weiß: Ihre Stimme war nicht weich, nicht hart, eher knarrend, ohne Selbstmitleid, wie jemand Worte gebraucht, die, noch unausgesprochen, ihm bereits fremd geworden sind.

Die Zeitung in der Hand, schlich ich hinunter, hetzte durch die eisige Luft, tastete die Wendeltreppe abwärts und hörte Geigentöne, die im Gewölbe schaurig klangen. Mit geschlossenen Augen, bei Petroleumlicht, auf dem Feldbett, hockte Marin und hielt die Violine, während die rechte Hand mit monotonen Strichen denselben Ton aus der leeren G-Saite zog, abbrach, ansetzte, eine Melodie intonierte, den Faden verlor und zurückfiel in lange, kratzende Tongeraden.

»Hör auf!« hörte ich mich plötzlich schreien. »Dein Vater ist gefallen!«

Und Marin blieb, wie er war: Geige am Kinn, Bogen auf der Saite, die Töne waren ihm urplötzlich erstarrt. Die Zeitung gab ich, und er begann zu lesen, reglosen Gesichtes, das sich nicht verzog, das nicht weinte, als er zu Ende gelesen hatte, das auch nicht sprechen wollte, als er einfach durch mich hindurchblickte und die Zeitung fallen ließ. Er nahm die Geige und schritt, als stünde ich nicht dort, gegen den schmalen Türrahmen, gestochene Falten um beide Mundwinkel, eine Art steinerne Ruhe im Gesicht.

Es ist vollbracht, dachte ich, er wird verrückt, und spürte die feuchten Wände näherrücken und hörte seine Schritte hallen und verhallen und fühlte einen plötzlichen Schmerz in meiner Brust, der mir den Atem schnürte, der übersprang auf meinen Kopf, und dachte: Raus hier, schnell raus, der Keller stürzt ein, und rief: »Marin! Marin!« und hörte meine Stimme aus dem Labyrinth schallen: »Marin! Marin!« und hetzte, mit Knien und Schultern an den kalten Stein stoßend, bis zur Treppe, die Stufen empor, hinaus ins blendend weiße Schneegelicht.

Zwischen den Zaunstaketen sah ich ihn vor der Scheune um den Mühlteich herum über die Schleusenbretter zur Stadtmauer gehen und lief ihm nach, so schnell vereistes Kopfsteinpflaster mich rennen ließ, und war ihm dicht auf den Fersen, als ich atemlos und erhitzt anhielt unter jener Weide drunten am Fluß, von der aus wir in die Schlacht an der alten Pumpstation gezogen waren. Reglos stand ich und sah ein Gesicht, als er niederkauernd Kies in seine

Geige füllte, als er zum Fluß hinunterblickte, als er die Geige warf, sie aufschlagen hörte. Schnell glättete sich die Wohra und strömte ruhig. Und dann sah ich diesen hageren Knabenkörper, in Schnee und Kälte reglos, sein Gesicht gegen den Spiegel des Flusses gewandt, und sehe noch jetzt Marins dunkle Augen aufs Wasser starren, dorthin, wo sein Mund sich schlingernd verzerrt, wo ein irres Lächeln auf die Wohra springt, über das ein Stück Faulholz treibt.

In mehrtägiger Trauer wird das deutsche Volk seiner tapferen Söhne gedenken, die bis zum letzten Atemzug, bis zur letzten Patrone ihre Pflicht getan, die damit die Hauptkraft des bolschewistischen Ansturms gebrochen haben. Der Kampf um Stalingrad wird zum größten Heldenlied der deutschen Geschichte werden. Aus dem unsterblichen Heldentum werden sich in der deutschen Nation Kräfte entfalten, die ihr den Sieg sichern werden, den zu erringen sie jetzt um so fanatischer entschlossen ist.

Drei Tage trauerte Werflo und drei Nächte. Man trauerte in der Turnhalle, wo wir Schüler frierend und traurig das Lied: *Ich hatt' einen Kameraden* mit allen Strophen beisteuerten, wo zackige Reden gehalten wurden, die meine Mutter und Frau Thomsen in der siebten Stuhlreihe mit anhörten, die Marin nicht musikalisch untermalen konnte mit dem Largo, weil er keine Geige mehr besaß und sich standhaft geweigert hatte, einer fremden Violine die Ehre zu geben. Aus Werflos Fenstern flatterten lustig die Hakenkreuzfahnen. Hinter Werflos Häusermauern gingen Gerüchte um über die Anzahl der Toten, zweihunderttausend Deutsche hieß es, keiner wußte genau, fast alle aber, die Söhne oder Männer an der Ostfront hatten, klammerten sich an das eine Gerücht: Viele haben überlebt und sind in Gefangenschaft geraten!

Der Bolschewismus ist nicht mehr, was er war, hieß es, er hat sich gemausert, ist versöhnlicher geworden! Es gibt doch die Genfer Konvention! Amerikaner und Engländer werden nicht zulassen, daß man deutsche Gefangene hinschlachtet! Warten und hoffen, die Hoffnung bleibt uns!

Am Abend des dritten Trauertages dröhnten wieder die Treppenstufen, schepperte herrisch die Glocke am Portal, stürmte Ortsgruppenleiter Flimm, ohne anzuklopfen, unsere Küche.

Meine Mutter sah ich zittern unter seinem herausfordernden Blick.

»So, den Jungen haben wir!«

»Dann seien Sie mitleidig und bringen Sie ihn zurück«, sagte die Großmutter, »Gabriel gehört hierher, zu niemandem sonst!«

»Ruhe!« sagte der Ortsgruppenleiter.

»Uns fehlt noch der Alte in diesem geschmacklosen Komplott! Wo ist er?!«

»Wir wissen's nicht«, antwortete die Großmutter.

Flimm lächelte maliziös und sagte: »Überspannen Sie den Bogen nicht, Großmütterchen, es ist nicht alle Tage Volkstrauer, und Sie haben keinen Schwiegersohn mehr an der Front!«

»Bitte, bringen Sie uns Gabriel zurück«, sagte leise Marin, und die Großmutter fügte hinzu: »Dieser Staat wird und kann nicht ewig überdauern. Denken Sie klug. Handeln Sie voraus!«

Herr Flimm prallte zurück.

»Kapitulation?« schrie er. »Wagen Sie, mir das anzudeuten! Wenn der Feind glaubt, uns durch einige Schläge entmutigen zu können, dann irrt er! Das Wort Kapitulation existiert für einen Nationalsozialisten nicht! Und dabei wird es bleiben! Wir glauben unumstößlich an den Sieg! Wir glauben daran, weil wir den Führer haben. Hüten Sie Ihre Zunge, wir sprechen uns noch!«

Wild hatte er die Hände gerungen vor seiner Brust, hatte die Hacken, sich abwendend, geknallt und übersah, hinausstapfend in den dunklen Flur, daß sein Parteiabzeichen vom Revers gesprungen und zwischen uns auf dem Küchenboden liegengeblieben war.

»Der Alte muß weg aus diesem Haus«, sagte meine Mutter und war leichenblaß. »Der Herr Flimm ist zum Letzten fähig!«

»Lassen Sie das!« Die Großmutter stand auf und stieg bedächtig die Treppen hinauf.

17

Was mit Weihnachtsferien begonnen hatte, wurde zur unerwarteten Schulpause auf Widerruf, Kohlenferien hieß es offiziell, wir nannten's hitzefrei, weil die Heizrippen des Schulgebäudes wirklich frei von jeder Hitze waren, ja sogar frei von Wasser, das der Hausmeister Pfeiffer hatte ablassen müssen, damit es nicht, weil Eis sich dehnt, das Gußeisen aufknackte. Wir zu Hause hatten vorgesorgt im letzten Sommer, Holz geschlagen, Treibgut getrocknet, Tannenäpfel im Stadtwald abgeschüttelt und heimgeschleppt ins Stallgebäude. Kein großer Vorrat, genug, den Küchenofen am Glimmen zu halten, auf dessen Herdringen im Bratentopf die Himbeergrütze Krater bildete und Blasen schlug.

Klein Gesa hatte den Teller abgeschleckt, während wir hungrig saßen, hatte mißtrauisch der Großmutter Gesicht angepeilt, hatte sich auf die Holzkiste verkrümelt, ihre polnische Trachtenpuppe umständlich ausgezogen, um sie anders an- und umzuziehen, als wir die Mütter kommen hörten, heimkehrend von der Munitionsfabrik im Stadtwald, zu müde, um hungrig zu sein. Da zog die Großmutter den Löffel aus dem Grützepamps, lächelte und sagte: »Gesa, auf ins Bett!«

Und wie immer, während die Frauen sich wuschen, als die Standuhr in der Eingangshalle das Schlagwerk ausrastete, den ersten Schlag dröhnte, dem sieben weitere folgen würden und folgten, tat Klein Gesa, als habe sie nichts gehört.

»Gesa!«

»Gesa, mein Kind!«

»Jaaah?«

»Es ist höchste Zeit, du mußt ins Bett.«

Und als sie ihre Puppe gegen die Holzkiste geschleudert hatte, als ihr hübsches weiches Kindergesicht sich greinend verzerrt hatte, hörten wir unsere Mütter fast gleichzeitig die Treppen hinuntersteigen und sahen sie, Frau Thomsen voran, in die Küche treten. Gesa wimmerte leise, Großmutter klapperte mit den Tellern, auf denen die Grütze dampfte, Frau Thomsen beugte sich nieder, küßte das Kind, nahm's auf ihren Arm und trug's hinauf ins Bett.

Marin und ich hockten schweigend mit den noch schweigsameren, ganz und gar in Schwarz gekleideten Frauen, die ihre Löffel einstippten und zum Munde führten, die kauten und schluckten, als schmecke die Grütze nach nichts, als seien wir, die wir Himbeersaft und Gelatine genossen, nicht mit am Tisch, ihre Söhne noch, doch sie unsere lebendigen Mütter nicht mehr.

Zu sechst waren wir, nachdem Frau Thomsen im schlichten braunen Kleid zurückgekehrt und Platz genommen hatte, sechs Teller also mit wasserblauem Blümchenmuster und an der Tischecke, abgedeckt und heiß, das verbeulte Militärkochgeschirr.

»Ene mehne muuh«, zählte ich laut in die Stille. »Müllers Kuh«, und meine Fingerspitze wies mal auf Marins, mal auf meine Brust und wurde schneller, »Müllers Esel, der bist du!« und blieb auf meinem Hemd haften.

»Ich trag's ihm runter!« sagte ich und stand auf und sah die Augen meiner Mutter und wußte, noch ehe ihre Gedanken laut wurden: Jetzt kommt ein Befehl.

»Du gehst nicht! Und niemals mehr!«

Und sie blickte von mir weg in die Runde.

»Mit dieser Geschichte haben wir nichts zu tun, ein für allemal!«

»Schluß jetzt«, die Großmutter war aufgesprungen, »das hat uns gefehlt!«

Das Radio unter dem Arm, sagte sie in barschem Ton: »Kommt, Jungens, haltet mir mal die Türe auf, gleich spricht der Klumpfuß, den soll sich Leuthold nicht entgehen lassen!« und schlurfte schweratmig, Küchenlicht im Rücken, durch die Eingangshalle. Ringedingeding, der Klöppel schlug die Türglocke, ringeding, die Tür war zugemacht, und wir standen beide neben der Großmutter im Freien. Ich hielt den warmen Essensbehälter, Marin half am *Volksempfänger* mit, und so stiegen wir zu dritt wie auf unausgesprochenen Gegenbefehl ins Kellergewölbe hinab. Die elektrische Birne flammte auf, was ich vordem nur gerochen hatte, sahen wir nun im Strahlerlicht: den nackten Fels, grobporig und nachgedunkelt im Wasser, das hier und da an Basaltvorsprüngen niederplatschte in die Bodenpfützen.

»Leuthold!« rief die Großmutter.

»Leut-hold . . . Leuthold . . . Leuthoold«, wisperte das Kellerecho. Und wir waren, vorbei am Luftschutz-, Kohlen- und Kartoffelkeller, die erste Ganggerade entlang, scharf um die Ecke zu den hinteren Räumen des Gewölbelabyrinthes eingebogen, da sagte eine Stimme: »Kommt nur, hier hört uns niemand.« Es bewegte sich der alte Milchschrank und gab einen Spalt frei in die fensterlose, durch ein Luftloch mit der Außenwelt verbundene Gruft. Feldpritsche, Waschschüssel, mit Eichenholzplatte abgedeckter Kübel, an der Decke eine Petroleumlampe, die im Zugwind rhythmisch schwankte, die unsre Schatten an den Wänden tanzen ließ. Stinken tat's nicht wenig.

»Gott sei Dank, ihr habt das Radio!«

Leuthold, im Gesicht graubraun zugewachsen, hockte neben Großmutter nieder und ließ Blechlöffel gegen Blech klappern. Der Kohlenklau geht um, dachte ich und sah dem essenden Wandschatten zu, gab ihm Schieberkappe, geschulterten Kohlensack und geschlitzte Augenbinde, den Schatten Schattenhaftes, dem Dämmerlicht Geheimnisvolles und mußte plötzlich lachen, als der angewinkelte Arm mit Hand und Löffel, sich hebend, riesengroß wurde und in einem Scheunentor von Maul zwischen Haargestrüpp halb verschwand und abgebissen schien.

»Schlimm ist nicht das Kellerleben«, sagte er kauend, »schlimm ist, daß ich lebendig begraben und vielleicht schon für tot befunden bin ...«, und füllte erneut den Mund mit einem Löffel Schlacks.

»Hier sitze oder liege ich oder gehe auf und ab zwischen den Wänden, weiß nichts von draußen und kann nichts, aber auch gar nichts tun!«

»Leuthold, soll ich's Ihrer Frau doch sagen?«

Er kaute, schluckte, sah uns an, blickte in Großmutters Augen und ließ die Kiefer plötzlich stillstehen:

»Stalingrad ist gefallen«, sagte er eindringlich, »jetzt werden die Russen nicht ruhen, bis sie Berlin und das

Reich genommen haben, und sie werden's nehmen, ich hoffe bald! Festung Europa!«

Er lachte verkrampft: »Bleibe fest, Europa, gegen diesen Wahnsinnigen mit dem Deutschtum- und Germanenfimmel!«

»Niemand weiß«, Großmutter schüttelte traurig den Kopf, »wie lang's noch dauert, bis die Alliierten hier sind.«

»Sagen Sie meiner Frau nichts«, entschied er und sperrte das Scheunentor auf und wieder zu: »Ich will nicht, daß sie auch nur das Geringste weiß, das man aus ihr herauspressen und gegen sie oder uns anwenden könnte. Die Gestapo versteht ihre Arbeit!«

Da hatte ich das Kabel in der Hand, war durch den Spalt zwischen Schrank und Mauer geschlüpft, spürte es, länger werdend, durch meine Finger streifen, tastete weg vom Holz mit den Fingerspitzen am Fels entlang, fand die Steckdose rechts und hatte den Stecker links. »Zu kurz«, rief ich, hörte Marin antworten: »Warte, ich rück's näher zur Wand«, spürte die Doppelschnur schlaff werden und fügte den Stecker ein. Da brummten die Röhren, da klirrte der Verstärker, da schepperte der ganze *Volksempfänger*, es bellte und riß mit der Propagandaminister:

Ihr also, meine Zuhörer, repräsentiert in diesem Augenblick die Nation. Und an euch möchte ich zehn Fragen richten, die ihr mir mit dem deutschen Volke vor der ganzen Welt, insbesondere vor unsren Feinden, die uns auch an ihrem Rundfunk hören, beantworten sollt:

Die Engländer behaupten, das deutsche Volk habe den Glauben an den Sieg verloren. Ich frage euch: Glaubt ihr mit dem Führer und mit uns an den endgültigen totalen Sieg des deutschen Volkes?

Jaaaaaaaajajaaaaaaaaaaaaaajjaahhh, ein ohrenbetäubendes Gebrüll, handzerklatscht, fanfarendurchstoßen, brach aus dem Lautsprecher gegen den Fels. Goebbels fuhr fort: *Ich frage euch: Seid Ihr entschlossen, dem Führer in der Erkämpfung des Sieges durch dick und dünn und unter Aufnahme auch der schwersten persönlichen Belastungen zu folgen?*

Jaaaaaaaaaaaaahhhhhjaaaahh, Leuthold drehte den Knopf, das Gebrüll aussteuernd, und wie von weit her hörten wir: *Ich frage euch: Seid ihr bereit, mit dem Führer als Phalanx der Heimat, hinter der kämpfenden Wehrmacht stehend, diesen Kampf mit wilder Entschlossenheit und unbeirrbar durch alle Schicksalsfügungen fortzusetzen, bis der Sieg in unsren Händen ist! Ich frage euch: Wollt ihr den totalen Krieg?*

Jaaaaaaaaaaahhahahahahahahahahahahahahhhhh,

Wollt ihr ihn, wenn nötig, totaler und radikaler, als wir ihn uns heute überhaupt noch vorstellen können?

Und als dann wieder die Hände prasselten im Berliner Sportpalast, als Stimmen und Geräusche zum Lautorkan anschwellen wollten, als der Minister in den Orkan gebrüllt hatte: *Das Volk steht auf, der Sturm bricht los,* da knipste der alte Leuthold den Kasten aus und sah uns an.

»Nein! Nein! Das ist nichts für euch!«

Und Großmutter lächelte: »Die Jungen sind in Ordnung«, sagte sie. »Leuthold, hängen Sie sich Wolldecken um, 's ist eisig kalt in diesem Kellerloch!«

18

Niemand könnte behaupten, daß uns Kindern dieses letzte Kriegsjahr schnell vergangen oder gar davongelaufen sei. Es hielt uns noch im Griff, als eines Nachts, Ende März, die Dachschindeln flogen, als Eiben- und Platanenäste zu tanzen begannen im böigen Wechselwind, der kalt aus Ost und Norden einfiel, der in derselben Nacht noch sich drehte und sehr stetig von Süden heraufblies. Südwind, Südwind, dachte ich, wehe, wehe Wind übers eisige Land! Ich war gestanden vor den weit geöffneten Fensterflügeln, hatte die warme Luft eingesogen, tief in die Lungenspitzen, und war zurück unter die Decke geschlupft.

»Ach, wenn doch nur Frühling wäre«, sagte Marin, »horch!«

Wir hörten Tropfen auf die Veranda schlagen, vereinzelt und sehr unregelmäßig. Und während wir beide wach lagen, das Frühlicht erwartend und den ersten Hahnenschrei, dachte Marin laut:

»Die Wehrmacht ist auf dem Vormarsch im Osten, Charkow ist zurückerobert, vielleicht muß der alte Leuthold doch sein ganzes Leben in unserm Keller verbringen.«

»Und die Bomber?« sagte ich. »Berlin, Hamburg, Düsseldorf, tagsüber die Amis, in den Nächten die Tommys! Vielleicht sind morgen nacht wir dran!«

Da war das Tropfen lauter geworden und schnell und schneller, ein Fließen und Gluckern vom Schrägdach in die Zinkrinne, und der Wind drückte die Schneemassen krachend in den Garten hinunter.

Und als der Morgen dämmerte, als der Hahn geschrien hatte, als der graugekörnte Horizont im Osten glühte und in Flammen stand, da hörten wir wieder: tack-tack tack-tacktack drüben vom Roten Grund und sahen die ersten braunen und grünen Flecken ins Wiesenweiß gestanzt, Erde und Gras, und sahen, wie aus dem schwarzen, spießästigen Erlenring etwas ebenfalls dunkel oder schwarz schimmerndes sich löste, in großen Sprüngen über den weißen Schnee der Glutsonne entgegenhüpfte. Hunde kläfften, ein MG spuckte, da sprang der erste Punkt sehr hoch und versank im Schnee.

»Der Südwind«, sagte Marin leise, »hat ihn um den Verstand gebracht.«

Dampf quoll gegen den Himmel, Güterwagen rollten über den Bahndamm, Silhouetten von Panzern, von Kanonenrohren und Munitionskisten zogen eine lange, lange Schleife im Gegenlicht zwischen Sonne und Werflo, und wir hörten einen an Klage und Aufbruch, an sehr weite Fernen gemahnenden Pfiff.

Dann schepperte unten die Türglocke. Wir standen in den Hosenbeinen, hatten Pullover und Stiefel übergestreift und wußten, es war gegen acht, als vom Kirchberg die Turmuhr schlug. Da geschah etwas nicht, was eben jetzt, als wir zum weitgeöffneten Fenster traten, um ihnen nachzuschauen, nachzuwinken, hätte geschehen müssen.

Das Eisentor klirrte nicht. Das Tor blieb verschlossen. Die Frauen standen weder davor, noch marschierten sie im Hof zur kleinen Hinterpforte durch die Schneepfützen. Großmutters Stimme im Hof: »Verdammte Bande!« Wir stürmten die Treppen hinunter, hinaus in den Südwind und sahen in Leuchtfarbe wuchtig ans Eichenportal gepinselt die Worte: *Judenknechte Volksverräter*!

Bleichgesichtig, wortlos neben Gesas Mutter stand Frau Marin. Meine Mutter war die Treppe schon hinabgestiegen und rief: »Michael, du gehst sofort ins Haus!«

Das tat ich, um Großmutter zu helfen.

»Hol den Schrubber!« Es sprang die Unterlippe, ihr Gesicht war rot und jung vor Zorn. Ich trug den Schrubber. »Nimm noch die Kernseife!« Und schnappte die Seife, und wir schmirgelten, rieben, kratzten nach mit dem Messer, bis die Flammenschrift endlich verschwunden war.

Die Worte aber waren uns eingeätzt, und immer wieder stellte sich stumm oder ausgesprochen die Frage: Wo ist Gabriel?

»In irgendeinem Konzentrationslager«, antwortete die Großmutter.

»Omi, was ist ein Konzentrationslager?«

»Das sind Lager wie drüben im *Roten Grund*, Baracken, Wachtürme, Stacheldraht im Doppelverhau, Bluthunde und bewaffnete SS-Einheiten zur Bewachung, ihr Kinder.«

»Aber im *Roten Grund* gibt's nur Kriegsgefangene, keine Deutschen!« sagte ich. Ihre Hand zuckte, ich zog den Kopf ein. Der Schlag blieb aus.

»Nur Kriegsgefangene«, erwiderte sie streng, »wir

Deutschen sind auch *nur* Menschen, wo liegt da ein Unterschied?«

»Aber wir sind doch Arier«, setzte ich nach, der Oberlehrerin Brehme eingedenk.

Da zuckte noch einmal ihre Hand. »Knie nieder«, sagte sie unerbittlich, »und sprich mir nach:

Du sollst nicht falsch Zeugnis reden wider deinen Nächsten, du sollst deinen Nächsten lieben wie dich selbst.«

Ich sprach's und sie strich über mein Haar.

»Und Gabriel?« beharrte ich. »Der Bürgermeister hat gesagt, daß man die Juden tötet . . .«

Da schaute ihr Gesicht bekümmert. Sie drehte sich gegen den Herd, stocherte mit dem Feuereisen und antwortete über die Schulter hinweg: »Wir können nur hoffen, daß er überlebt . . .«

»Hoffen und warten«, sagte Marin, »immer dieselben Worte!«

Die Großmutter richtete sich kerzengerade auf, sah uns lange und prüfend an und sprach wie zu sich selbst: »Da hast du ganz recht, mein Junge!«, nahm das schwarze Schafwolltuch vom Haken und warf sich's über. »Ich gehe jetzt zum Bürgermeister Prediger!«

Wir waren aufgeregt und sperrten Klein Gesa in der Küche mit ihren Puppen ein, kümmerten uns wenig um ihr Gejammer, das zum Winseln wurde und verstummt war, als wir den schneewasserpfützigen Hof durchquert hatten.

Klemm, der Knecht, saß im Schweinestall, schnitt Scheiben vom Speck und sprach mal zärtlich, mal väterlich belehrend mit den Säuen, zu denen er, wie man im Dorfe munkeln hörte, mehr als ein schweinisches Verhältnis gehabt haben soll.

Vetter Schorsch hatte nur gelacht über diese Geschichten: »Was dem Dorfeber recht ist, das hat der Klemm ihm billig abgeguckt!«

An diesem Morgen waren wir ganz friedlich, ohne Anspielungen oder Schmeicheleien, rollten den leeren Hafersack vor seinen Augen auf, und Marin sagte: »Das schwarze Pferd in unserem Stall hat Hunger!«

»Hunger haben wir alle«, er kaute und schluckte. »Bubu gehört zur Artillerie, wenn ihr mich fragt!«

»Und deine Schweine, die gehören allesamt in die Gulaschkanone«, erwiderte ich.

Der alte Klemm lachte, ging mit uns übers verjauchte Kopfsteinpflaster in den Pferdestall, wo die beiden Ackergäule, alpenländische Haflinger, im Halbdunkel standen und ihre Köpfe gegen das Türlicht drehten. Sogleich machten wir uns über die Futterkiste her, ich hielt den Sack, und Marin schaufelte, und als er prall gefüllt gegen das Holz lehnte, beugte auch ich mich hinunter, suchte im duftenden Hafer nach Melasseklumpen, die ich fand und in den Hosentaschen verschwinden ließ.

»Genug!« Klemm schloß den Deckel. »Kein Wort der Bäuerin! Sonst ist das euer letzter Sack gewesen!«

Im Handumdrehen hatte ich die Furcht verloren vor dem starken Tier mit seinen wilden, großen, manchmal schläfrigen Augen. Tritt nie an ein Pferd, ohne es anzurufen und nie von hinten in den Schlagbereich der Hufe! Ich konnte nur lachen. Bubu erkannte mich, wenn ich draußen im Schnee reglos vor der Stalltür stand, und sie pendelte unruhig in der engen Box, schnaubte und zupfte mit den Lippen, bis meine Rechte, flach darauf der Melasseklumpen, vor ihren weichen, geifernden Lippen stand.

Der Bürgermeister Prediger sei auf Dienstreise im Osten, in Polen vermutlich, und käme erst zum Wochenende, wenn man diesen Kriegsfahrplänen trauen wolle, nach Werflo zurück, sagte die Großmutter ein wenig später.

Ich stand am Küchenfenster, hörte sie reden und hörte gar nichts mehr und sah den Südwind die Äste biegen, sah die langen braunen oder grünen, südnordwärts breiter und schneller tauenden Streifen im Weiß der Ebene und die Krähen gegen den Wind ankämpfen, weite Schleifen und hohe Spiralen fliegend, ehe der Schwarm krächzend auf die Wiesen niederfiel.

Nun stehst du starr.
schaust rückwärts, ach! Wie lange schon!
Was bist du Narr vor Winters in die Welt entfloh'n?

Da sprach wieder diese uns fremd vertraute, im Lautsprecher ganz und gar entstellte Stimme, der kein Gesicht zugehörte, die einfach durch den Äther schwang, über Berge hinweg, von Haus zu Haus, die auch vor unsren Basaltmauern nicht haltmachte.

Das Oberkommando der Wehrmacht gibt bekannt:

In der vergangenen Nacht flogen britische Bomber in das Reichsgebiet ein und drangen bis zur Reichshauptstadt vor. Sie warfen Spreng- und Brandbomben auf einige Orte in Nordwest- und Westdeutschland und auf das Gebiet von Groß-Berlin. Es entstanden vorwiegend Brandschäden in Wohnvierteln und Zerstörungen an öffentlichen Gebäuden und Kulturstätten. Die Bevölkerung hatte Verluste. Acht der angreifenden Bomber wurden abgeschossen.

Zwei Tage später, abends in der Küche hinter verdunkelten Fenstern, und diesmal wurden wir nicht ins Bett oder hinauf ins Obergeschoß geschickt, sprach zu uns fassungslos und ziemlich schnell der Bürgermeister: »Drei Tage bin ich im Warschauer Getto gewesen. Gnädige Frau, die Zustände sind unbeschreiblich! Schüsse fielen. Verwundete. Tote. Schreiende Frauen, Kinder und Greise.«

Schweiß stand auf des Bürgermeisters Stirn.

»Zehntausend Juden werden jeden Tag, morgen und übermorgen und wurden gestern und vorgestern abgeholt und deportiert nach Auschwitz, nach Treblinka und wie die Lager heißen. Und von den Güterwagen geht's in die Entkleidungsräume, aus den Entkleidungsräumen in die Gaskammern, und von den Gaskammern werden die Leichen in Krematorien geschaufelt. Die Öfen rauchen Tag und Nacht. Nacht und Tag werden Zehntausende von Menschen vernichtet!«

Der Bürgermeister preßte beide Fäuste vor die Augen und stöhnte, wie verletzte Pferde stöhnen können.

Wir saßen und wagten kaum zu atmen.

Da lachte meine Mutter. »Krieg bleibt Krieg!« sagte sie trotzig. »Denken Sie an die Greuelgeschichten aus Frankreich und Rußland. Auch deutsche Soldaten wurden gefoltert, aus dem Hinterhalt von Partisanen erschossen, und russische Frauen schnitten ihnen mit Rasiermessern durch geöffnete Toilettenfenster von hinten die Hälse durch. Stellen Sie sich das vor!«

Der Bürgermeister blickte ihr fest in die Augen, und Großmutter sagte: *»Wer das Schwert nimmt, soll durch das Schwert gerichtet werden!«*

Und meine Mutter schrie: »Hören Sie auf, ich bitte Sie!

Diese nichtssagenden, abgedroschenen, von Ihnen zu jeder passenden oder unpassenden Gelegenheit zitierten Bibelverse!«

»Armer Gabriel«, sagte Frau Marin, und es geschah etwas mit ihrem Gesicht: Die Nasenflügel wurden rot, dann weiß, ihre Mimik zeigte ein Zucken der Lippen, die ein vielleicht mit letzter Energie gewolltes, uns Kindern zugedachtes Lächeln nicht mehr zustande brachten.

19

Über Nacht standen die Bäume in hauchhellem Grün. Werflos Erde trieb das junge Gras und zwischen den Grashalmen die ersten Blumen empor. Draußen zwischen den Flüssen, fettgelb von Troll- und Sumpfdotterblumen, war's bereits Sommer, als der Frühling noch in Werflo stand, als das Storchenpaar sein angestammtes Nest auf dem Rathausturm bezogen hatte und zwischen Werfloer Frühling und Flußwiesensommer klappernd hin und her flog.

Die Starre aus Eis und Schnee, diese hellhörige Kriegswinterschweigsamkeit war dünnwandig geworden unter dem Südwind, war aufgeknackt und weggeschmolzen. Was Beine hatte, jung und alt, drängte hinaus auf Wiesen und Äcker. Voran Ortsgruppenleiter Flimm; hoch zu Roß, in Uniform, mit gewichsten Reitstiefeln und über dem Sattelknauf quergestellter, im Trab- oder Galopprhythmus wippender Gerte, kontrollierte er die keimende Saat, begutachtete das Jungvieh auf der Kälberweide, Tadel herabbrüllend: »Los! An die Arbeit, ihr gichtknotigen Faulenzer, der Himmel bewölkt sich, das Heu muß unter Dach, ehe der erste Tropfen fällt!«

Geschlossen, uniformiert wie stets, marschierte auch

Werflos HJ unter Dieter Flimms und Pitter Fickes Kommando zum Arbeitseinsatz. Wir, Marin und ich, waren nicht mit ihnen. Nicht nur, daß wir zu jung waren – uns beiden fehlte ein gutes Jahr zur HJ-Reife –, nein, sie hielten uns sorgfältig auf Distanz.

Wir waren auf der Hut. Immer zu zweit an den Rockschößen des alten Klemm oder inmitten einer sensenbewaffneten, hohes Fettgras niedermähenden, ganz und gar in Schwarz gekleideten Frauenschaft von Müttern und Großmüttern, igelten wir uns ein, banzten wir Arme voll Gras auf hölzerne Trockengerüste, die gleich Scharfschützen gegen eine dunkelblaue, weder greifbare noch abfärbbare Nachtluft knieten, um Ausschau zu halten nach einem unsichtbaren Feind. Wir mieden die Wiesen und Feldareale um den *Roten Grund*, der über Tag das ausschließliche Arbeitsrevier der HJ-Truppen war. In der Frühlingsluft neben Spatzengeschilp, unter Lerchengetriller, waren wieder die verschiedensten Gesänge: *Die Fahne hoch, Horst-Wessel-Lied* und *Im Märzen der Bauer die Rößlein anspannt.* Dahinter, aus dem *Roten Grund* und jenseits davon, wo zwischen Bahndamm und Stadtwald die Gefangenentrupps zur Feldarbeit im Morgengrauen antreten und bis zur blauen Stunde schuften mußten, erklangen wie im Vorjahr die schwermütigen Baßchöre der Russen, stiegen die Kopfstimmen der Vorsänger und berichteten vom Wolgastrom, von *Stenka Rasin* und dem Räuberhauptmann *Kudia,* wie uns der alte Klemm, der Russisch konnte, eindeutschte:

Zum Herrgott wollen wir be-eten
und euch berichten, was geschah,

wie's der ehrwürd'ge Chronist in
Salowski, selber erzählt, Pytirim.

»Heimweh haben sie, die armen Teufel«, sagte Klemm, auf den Heugabelstiel gestützt, und lauschte den Gesängen.

Es gibt kaum ein Volk auf Erden, das seine Heimat liebt wie die Russen. Versteht ihr? Und Heimat heißt bei ihnen Mütterchen Rußland, die heilige russische Erde, legendenreich und voller Lieder, und russischer Herrgott, der außer Russisch keine Sprache spricht, versteht oder erhört!«

»Aber Rußland ist doch unser schlimmster Feind!« rief ich. »Bolschewisten, Barbaren und Menschenfresser!«

Der Alte spuckte Priemsoße.

»Was versteht ihr Kinder schon von Menschen oder gar vom Krieg?«

Vetter Schorsch, der auch den Gabelstiel senkrecht gen Himmel gerichtet und seinen Filzhut mit Querkniff hinauf zum Haaransatz geschoben hatte, lachte laut: »Arthur?!«

»Ja.«

»Ein Berliner und ein Mann aus Essen unterhalten sich über Bombenschäden!«

»Ja.«

»Sagt der Berliner: ›Bei uns war's höllisch. Fünf Stunden nach dem Angriff sind noch die Fensterscheiben aus den Häusern geflogen!‹«

»So.«

»Sagt der Mann aus Essen: ›Bei uns sind vierzehn Tage nach dem letzten Angriff noch die Führerbilder aus den Fenstern geflogen!‹«

Vetter Schorsch meckerte: »Ist das nichts?«

Der alte Klemm grinste, spießte einen gewaltigen Haufen Gras auf und sagte: »Den solltest du mal dem Ortsgruppenleiter erzählen!«

Vetter Schorsch grinste zurück: »Werd ich tun, aber erst nach dem Zusammenbruch, wenn er abgeschwollen ist!«

Dann lachten sie beide noch ein bißchen, ich tat, als sähe ich der Schwarzamsel zu, die an einem Regenwurm, der länger wurde, zog und zog, bis er riß, dann lachte auch ich, sah, das Auge reibend, Marin zu den Bergsilhouetten hinüberstarren.

»Schau!«

Wir folgten seiner Fingerspitze mit den Blicken, vorbei an Pferdegespannen, über schwankende, im Gegenlicht fast schwebende, sich mit unendlicher Langsamkeit vorwärts oder gar nicht bewegende Heuwagen in die schon blaustichige Spätnachmittagsluft über der Flußmulde am *Roten Grund* und sahen, was er meinte: das Storchenpaar. Den einen laut klappernd, der aufgeregt mit seinen Schwingen flappte, den anderen mit kurzen, hilflosen Ruderschlägen, der nur sehr mühsam Höhe gewann und eher zu stürzen als zu fliegen schien.

Ein Pfeil, quer durch des Weibchens Körper gebohrt, ragte an beiden Seiten heraus.

»Sie haben an dem Storch gefrevelt!« riefen die Frauen. »Ein Glücksbringer ist er für jedes Dorf! Schaut nur, seht!«

»Stirbt der eine, zieht der andere fort und kommt nie mehr zurück!«

Wir hörten das Rauschen der Luft, das Pfeifen der Schwingen und sahen die Vögel dem Dorf zustreben. Da schlug's auf dem Kirchberg sieben, das kupferne Zifferblatt blitzte auf und reflektierte das letzte, hinter den Lahnbergkämmen abkippende Sonnenlicht.

Die schwarze Kompanie trägt nicht Litzen
Trägt nicht Schnur,
Die schwarze Kompanie kennt nur
Einen Schwur:
Holt die Fahne uns zurück,
Die der Feind uns geraubt!
Die schwarze Kompanie marschiert!

Die HJ, in Zweierformation, zog heimwärts, auch wir machten uns auf den Weg, denn Großmutter hatte das Essen bereitet.

»Großmutter, sie haben das Storchenweibchen mit einem Pfeil durchbohrt.« Marin legte den Löffel auf den leeren Teller. Nichts regte sich in ihrem Gesicht. Nur der Abendwind, der durchs geöffnete Fenster strich, bewegte ihre weißen, seidenfeinen Schläfenhaare.

Und da sprach sie, als seien wir nicht und sie selbst nicht körperlich anwesend in diesem Raum, als sei sie nichts als uraltes Weltgedächtnis, das ebenso im Wind wie mit irgendeiner austauschbaren, sterblichen, immer wieder auferstehenden Stimme hätte laut werden und sich regen können:

»Ich aber sprach: Ach Herr! Du hast's diesem Volk und Land weit fehlgehn lassen, da sie sagten, es wird Friede bei euch sein, so doch das Schwert bis an die Seele reicht. Zu derselben Zeit wird man diesem Land und Volk sagen: Es kommt ein dürrer Wind über das Gebirge her aus

der Wüste. Ja, ein Wind kommt, der ihnen zu stark sein wird. Siehe, er fährt daher wie Wolken, und seine Wagen sind wie ein Sturm, seine Rosse sind schneller denn Adler. Weh uns! Wir müssen verstört werden!«

»Großmutter, Großmutter, halt ein! Was sprichst du!« Marin weinte, er berührte ihre knochigen Hände.

»Mit mir dauert's nicht mehr lange.« Sie schaute zum Fenster hinaus.

»Die uralten Berge und die schwarze Erde, da liegen meine Eltern, mein Mann, meine zwölf Geschwister und alle meine Freunde . . .«

Das Standuhrpendel tickte ins Leere.

»›Gelt, als ich geboren wurde, habt ihr alle gewünscht, ich wäre tot‹, hab ich später einmal meinen Bruder Benjamin gefragt. ›Weißt du‹, hat er geantwortet, ›wir waren ja schon zwölf hungrige Mäuler, und der Vater im Franzosenkrieg geblieben, aber als du dann da warst und herumliefst, da haben wir dich allesamt gern gehabt.‹ Und unserer Mutter war's schwer damals, der Mann tot, das Schorschchen unters Mühlrad gekommen, du weißt doch, Günther, wo die Schleuse war, da ist er reingefallen, und Heinrich, mein Bruder, der gerade aus dem Kuhstall kam, hat ihn am Schürzenbändel erwischt, und das ist abgerissen, der kleine Kerl ist unters Mühlrad getrieben und zerstückelt worden . . .Dann kam ein harter, früher Winter und die Maul- und Klauenseuche, und die Tiere kippten um wie Fliegen, und wir alle hatten nichts zu beißen . . .

›In jener Zeit‹, hörte ich unsre Mutter sagen, ›hab ich geglaubt, es gäbe keine Gnade mehr . . .‹«

Draußen war es Nacht geworden. Der Zauber in ihrer Stimme zersprang: »In der Erde, da ist Friede, und auf den Gräbern blühen die Herbstastern ganz weiß und still . . .«

Wir lagen in unsren Betten und hörten Wind in den Blättern und rochen den Duft der Baumblüte, die Blumen und das würzige Heu im Wind.

»Warum machst du keine Musik mehr«, dachte ich plötzlich und hatte es schon ausgesprochen. »Du warst doch ganz verrückt nach deiner Geige, nach Tönen und alten Noten . . .«

»Die Musik ist tot in mir«, antwortete Marin, »wie dein Vater tot ist und meiner und wie die Großmutter tot sein wird, wenn die Zeit gekommen ist . . .«

»Und vielleicht Gabriel«, fügte ich hinzu.

Ich hörte ihn die Bettdecke umdrehn, tief ein- und ausatmen und sagen: »Mausetot, wie wir vielleicht alle bald sein werden, wenn die Bomber über die Lahnberge gen Werflo fliegen . . . Jetzt gib Ruhe, ich bin müde!«

Ich schlief ein, dachte: Tot, tot, tot, tot, wie wir alle bald sein werden . . . und trudelte weg und ritt plötzlich auf dem schwarzen pferd durch schwärzeste nacht. ich schlang meine arme fest um seinen hals und spürte eine schwere auf meinen körper fallen, zu einem griff nach innen werden, der meine atmung lähmte, der einen gewaltigen druck in meinem kopf erzeugte. da flammte schwarz rot, ich sah deutlich eine steinkante, hörte hufe scharren, das pferd schrill aufschreien in todespein, dann stürzten wir . . .

20

Am nächsten Morgen, es war ein Samstag, hatten wir ausgemistet, Sägemehl unter Bubus Hufe gestreut, Hafer in die Krippe nachgelegt und Heu in den eisernen Korb.

Erhitzt traten wir aus dem Stall.

»Heil Hitler!« Herr Schulz, der Briefträger, drehte verlegen einen Brief.

»Ihr Jungens seid doch tüchtig in der Schule, könnt ihr mir mal . . .«

Marin las laut: »Frau Luise Thomsen, Werflo, Gillhof.«

Schulz sagte: »Na, dann hab ich's ja richtig gemacht«, grüßte deutsch und zog mit seiner schwarzen Ledertasche von dannen. Klein Gesa, die im Sand Kuchen buk, hatte die Ohren gespitzt, ließ den letzten Kuchen in der Form anbrennen. »Gib her«, hatte den Brief und dackelte die Steinstufen empor, schrie atemlos schon auf der Veranda: »Mutti, Mutti, ein Brief!«, und dann schepperte die Glokke und schepperte noch mal, und es war morgenstill auf dem Hof. Die jungen Platanenblätter dallerten im Wind und spielten mit den Sonnenstrahlen. Wir fetteten Zaumzeug und wienerten den Sattel, da stand das Kind neben uns und weinte.

»Willst du wohl still sein, du Irrwisch!« rief ich.

Marin legte den Lappen hin: »Na, was hast du, was heulst du denn?«

»Wir müssen weg von hier«, flennte sie. »Vati is befördert worden, nach Rostock zur Marineverwaltung ... ich will aber hierbleiben!«

Und sagte immer noch: »Ich will nicht nach Rostock, ich will bei euch bleiben«, als am nächsten Morgen der alte Klemm Bubu vor den Einspänner geschirrt hatte, das Gepäck hinter dem Kutschbock gut verstaut, breitbeinig auf der Bank saß, die blanken Lederzügel um den Handrücken der Rechten geschlungen, in der Linken die Stummelpfeife hielt und blauweiße Wölkchen über den Pferderücken blies und dachte: Feine Leute mit ihrem Getue!

Oben in der Eingangshalle, wo wir uns, um Abschied zu nehmen, versammelt hatten, geriet Klein Gesa außer Rand und Band: »›Gesa, ich komm zurück‹, hat er gerufen, als das große Audo um Bohnes Haus gebogen is«, und sie klammerte sich ans Treppengeländer und sah mit blauen Knopfaugen erst die Großmutter und dann Frau Marin flehend an.

Als die gesagt hatte: »Gut, mein Kind, du schreibst ihm einen Brief, jetzt gleich, hier in der Küche«, da ließen ihre Finger das Geländer los. Frau Thomsen, der kein Abschiedsschmerz im Gesicht geschrieben stand, eher Freude und Erleichterung, diesem gefährlichen, weiß die Vorsehung wozu verdammten Herrenhaus den Rücken kehren zu können, Frau Thomsen nickte zustimmend und ging ein letztes Mal mit zur Ofenbank.

Klein Gesa diktierte: *»Lieber Gabriel«*, »Ausrufezeichen«, sagte Frau Thomsen. Das Kind fuhr stockend fort:

»Bin mit Mutti nach Rostock gefahren, wolln dort mit Vati wohnen. Ich bin furchtbar neugierig, wie er aussehen tut. Mutti sagt, er hat einen schwarzen Schnurrbart wie Dein Onkel Niklaus. Ich muß jetzt fort und hab Dich lieb. Wenn der Kriech rum ist, mußt Du uns besuchen!!«

»Auf Wiedersehn, lebt wohl und vielen Dank für alles!«

»Bleib du gesund, Luise, und schreib mal«, rief meine Mutter, »und grüße deinen Mann!«

Klemm schnalzte mit der Zunge, und Bubu spitzte die Ohren. Die Hufe klapperten, rutschten, schlugen Funken, als wir um Bohnes Hausecke herum in die Dorfstraße einbogen und in leichten Trab fielen.

In ehemals rotem, hier und da durch den Rußbelag schimmerndem Klinkerstein erstreckte sich der Bahnhofsflachbau vor den Gleisen, die Werflo ein halbes Jahrhundert schon, und wahrscheinlich nur, weil unser Dorf an der Hauptstrecke Hamburg–Frankfurt gelegen war, mit der Welt verbanden.

Wir schleppten das Gepäck durch die seitliche Schwingtür an den Reichsbahnfahrkartenschalter, am Getränkekiosk vorbei die Treppe hinunter durch den Unterführungstunnel hinauf ans Gleis 3, wo die Lok zischte und Dampf abließ. Man hatte schon Wasser nachgefüllt und Kohle in den Tender geschippt, als der Bahnhofsvorsteher unter seiner roten Schirmmütze unruhig auf die elektrische Uhr blickte und sehr gewichtig tat. Es roch nach Kohle, Ruß und heißem Teer, ich schmeckte Kohle auf der Zunge, spürte diese sekündlich anwachsende Unruhe, als der alte Klemm das Gepäck im Netz verstaut hatte, wir draußen auf dem Bahnsteig standen und durch das von Regenwasser und Ruß in senkrechten Streifen verschmutzte, halb erblindete Fenster nach innen sahen, und hörte meinen Herzschlag in den Ohren. Als Frau Thomsen das Fenster einen Spalt weit hatte öffnen können, hörte ich den alten Klemm sagen: »Wo Sie jetzt hinfahren, da bin ich hergekommen, nur ein Stück weiter östlich, Frau Thomsen, die russische Grenze ist nicht weit weg, hoffentlich machen Sie keinen Fehler jetzt!«

Da sahen wir die Nasenspitze weiß werden, in Hüfthöhe die Umrisse des Kindergesichts, fremd schon fast, während der Mann die Kelle hob. Die Trillerpfeife schrillte. Die Lok pfiff, Kupplungen klirrten, Waggons ruckten, glitten davon, und in meinem Ohr klang der Lautsprecher nach: »Bitte zurücktreten, Türen schließen, der Zug fährt ab«, ich dachte: *Räder müssen rollen für den Sieg,* das hatte in meterhohen Pinselbuchstaben auf der Rückwand des Schlußwagens gestanden. Und als der zuerst weiße, unter das Perrondach kriechende Dampf an den Rändern hervorquoll, die sonnenglastige Luft grau verfinstert hatte und wir drei Zurückgebliebenen, Marin rechts, ich links vom alten Klemm, auf dem Kutschbock des dahinrumpelnden Einspänners saßen, da sah ich den grauen Stein des Glaeserschen Bahnhofhotels sich grauer einfärben und blickte nach oben: Schwere Wolken zogen unter die Sonne.

Bubu galoppierte die Hauptstraße hinunter, diese einzige Geschäftsstraße Werflos, mit Hakenkreuzfahnen geschmückten Fassaden, hinter denen in Brandmauerbreite das zu finden war, was Werflo zum Dorf machte: Höfe, Misthaufen, Kleinvieh, steile Stiegen und enge, dunkle Zimmer.

Auf dem Marktplatz fiel der Alte dem Pferd in die Zügel und zog die Bremse an, direkt vor Herrn Flimms Kolonialwarenladen, der auch Tabak im Sortiment hatte. Und aus dem Laden heraus kam der Sohn des Ortsgruppenleiters, Dieter, sah uns hoch auf dem Wagen, sah das Pferd an, das mit dem Schweif nach Schmeißfliegen auf seiner Kruppe schlug und ärgerlich schnaubte.

»Bubuuuuh!« rief Marin. »Steh still!«

»Bubuuuuh«, rief der Dieter, »zieh Leine!« und gab der Stute einen kräftigen Faustschlag in die Weiche. Im selben Augenblick hatte das Tier mit dem Hinterhuf zugetreten und Dieter Flimm auf die Straße vor seines Vaters Laden geschleudert. Das abgebremste Rad knirschte über Stein und wurde einfach mitgerissen, während hinter uns die Stimme des HJ-Führers sich überschlug: »Judenklüngel! Volksverräter! Das zahl ich euch heim!!«, bis wir endlich die Zügel vom Holz losgebunden und das entnervte Pferd kurz vor dem eisernen Hoftor in der Gewalt hatten. Klemm kam kurzatmig hinterhergehetzt. »Eine Sekunde allein! Schon ist euch das Unheil auf den Fersen!«

Schweigend löffelten wir den Grießbrei, der trotz Zukker und Zimt glasig schmeckte. Marin knipste den *Volksempfänger* an, wir hörten:

Die britische Luftwaffe führte in der vergangenen Nacht erneut einen schweren Terrorangriff gegen die Wohnviertel der Stadt Köln. Durch Abwurf einer großen Zahl von Spreng- und Brandbomben auf dicht bebaute Stadtteile entstanden ausgebreitete Brände. Die Bevölkerung der Stadt hatte Verluste . . . Bisher wurde der Abschuß von sechsundzwanzig feindlichen Bombern festgestellt . . .

Füße scharrten auf den Steinstiegen, hielten an, kamen

näher, und wir wußten: Das ist Frau Leuthold, die täglich, kurz nach dem Essen, zur Großmutter in die Küche schlurfte, Tag um Tag an hör- oder sichtbarer Lebendigkeit weniger zu werden schien, wenn sie verkrümmt auf der Ofenbank Reste tilgte, dergestalt zerbrechlich, daß der Blechlöffel in ihrer Hand nicht zum Kopf, sondern der Mund hinunter zum Löffel sich bewegen mußte und sie in die Luft starrte, als wär's ein Vakuum, in dem Flaumfeder und Stein gleich schwer zu Boden fallen.

War der Teller leergearbeitet, kippte sie zurück. Eine Stimme, die nicht mehr die ihre war, sprach immer denselben Satz: »Mein Georg, mein Georg ist tot . . .«

Wir sahen Großmutter an, sie blickte uns an, hielt den gestreckten Zeigefinger vor die Lippen. »Warte nur ab, wenn der Krieg vorbei ist, wirst du deinen Mann leibhaftig vor dir sehen!«

In der Küche war's duster geworden. Es donnerte, ich zählte leise, sah einen phosphorhellen Blitz über den Himmel zacken und wußte, das Gewitter steht hinter den Lahnbergen über den Flüssen. Dann prasselte der Regen aus schweren, tief über der Ebene stillstehenden Wolken auf Werflo hinunter.

Als das Gewitter längst vorbei und die Luft sehr klar war und in dieser die Entfernung verkürzenden, die Lahnberge greifbar ans Schlafzimmerfenster heranrückenden Luft die Sonne in ihren letzten Glutfarben spielte und versank, da sprach Marin plötzlich aus dem Dämmerlicht heraus:

»Weißt du noch, wie dein Vater aussieht?«

Ich schloß die Augen, sah rote und schwarze Kreise und öffnete sie wieder.

»Nein. Du?«

»Nein. Es ist zu lange her.«

»Wir sind jetzt Kinder ohne Väter . . .«

Fest und traumlos hatte ich geschlafen, da trommelten Marins Fäuste auf meine Brust.

»Schnell, wach auf!«

»Was ist?«

»Im Stall! Da hat jemand geschrien!«

Und wir blickten zum Fenster hinaus in eine mondlose Finsternis, aus der, je länger und angestrengter wir starrten, das Stallgebäude erst Umrisse, schattenhafte Außenwände, dann Fenster zeigte und eine Tür. Die Tür stand weit offen.

»Großmutter, Großmutter!« schrie Marin, während wir hinunterrannten. Im Herrenhaus flammte das Licht auf und gab uns beßre Sicht. Wir stolperten in den dunklen Stall, rochen sofort das Chloroform und sahen unter der fliegenverschissenen Birne die Klappe an Bubus Box weit offen und die Stute nicht hinter dem Bretterverschlag stehn. Hellrotes Blut floß, die Pißrinne war voll davon, und da lag das Pferd, von Stichen übersät, die sein schwarzes Fell an Flanken und Hals zerfetzt hatten.

Blut war ans Holz gespritzt und hatte dunkle Lachen ins Sägemehl gefressen. In Bubus Auge stak ein HJ-Dolch, ihr Fell zuckte.

21

Was die beiden Ledermäntel nicht mit ihren Drohungen vermocht hatten, das bewirkte noch in derselben Nacht der Fememord an dem Pferd.

Als meine Mutter begriff, daß Bubu hingemetzelt, noch dazu Pfosten und Türflügel des Portals mit ihrem Blut gezeichnet worden waren, verlor sie ihre Nerven und verlangte zur Stunde, die Kirchturmuhr hatte irgendwann vier geschlagen, Leutholds Auslieferung an den Ortsgruppenleiter, der ihn der Gestapo übergeben sollte.

»Sie alle«, schrie sie und heulte dazwischen, »wissen klipp und klar, daß er bei uns im Keller sitzt!«

»Frau Rost, wenn die Sache so steht, nehmen Sie Ihren Jungen und verlassen Sie das Haus!«

Frau Marins Stimme hatte erschöpft geklungen, doch sehr bestimmt. Weil ihr, der rechtmäßigen Erbin und Besitzerin des Hauses, niemand diesen Ton zugetraut hätte, weil wir alle beinahe vergessen hatten, daß sie überhaupt eine Stimme besaß, die zu gebrauchen war, zog dieser Satz ein betretenes Schweigen nach sich.

Ich roch das inzwischen geronnene Blut, hörte einen Nachtfalter um die Glühbirne taumeln, Schmeißfliegen krochen auf Bubus zerfetzter Augengallerte.

»Der Alte muß geopfert werden«, schrie wieder meine Mutter, »nur, wenn wir dem Gesetz Genüge tun, ist Gnade zu erhoffen und Vergebung!!«

Da fühlte ich meinen Kopf ganz heiß werden, rot bis unter die Haarwurzeln: »Mutter, bitte, bitte nicht!«

Und sie schrie: »Du bist still, wenn Erwachsene reden!«

Die Großmutter sagte sehr ruhig: »Frau Rost, lassen Sie Worte wie Vergebung und Gnade aus diesem schmutzigen Spiel.«

Da antwortete meine Mutter: »Gott, was Gottes ist, dem Führer, was des Führers ist!«, drehte sich um, verschwand in der Dunkelheit, und wir hörten das Eisentor klappern und ihre Schritte den Gefangenenberg hinunter verhallen.

»Geh, Michael, geh zu ihr!« Frau Marin strich über mein Haar.

Ich lief ihr nach. Nein, ich war schon den ganzen Berg hinunter, war an Bohnes und Leutholds Fachwerkhäusern vorbei, da wurde mir bewußt, daß ich nicht lief, sondern sehr langsam ging. Aus den Hinterhöfen schrie wieder der Hahn, und ich dachte: Mutter, komm zurück! Und wollte ihr zurufen. Da spürte ich plötzlich die Morgenstille, hörte das nachhallende Klacken meiner Pinnschuhe auf dem Basalt und erschrak. Die Fenster Werflos starrten auf uns herab. Poock, poock schlug mein Herz, pock, poock, und als ich den Rathausturm sah, begann ich zu laufen; als meine Mutter den Markt erreicht hatte, rannte ich und winkte mit beiden Armen, aber sie wandte sich nicht. Die Schultern auf und nieder wippend, ging sie am rechten Rand des Marktplatzes, dicht an den Häuserwänden entlang, gestärkt von einer Kraft, die weder sichtbar noch hörbar und dennoch gegenwärtig in fast jedem Hause Werflos war.

Die Fahnen regten sich im Morgenwind.

›Dem Führer, was des Führers ist.‹ Ich stand im Schutz der Brandmauern zwischen Hehns Metzgerei und dem Hotel zur Post. Der Führer ist das Gesetz! Ich stand im Windkanal zwischen beiden alten Häusern, schaute zum Flimmschen Haus empor, wo im Obergeschoß zuerst dikke Gardinen vorgezogen wurden und dann das Licht durchschimmerte. Ich stand einfach, losgelöst aus dem Herrenhaus, aus Werflo, aus dieser meiner damaligen, auf einen bestimmten Tag, einen sehr bestimmten Augenblick bezogenen Zeit und hätte damals wie heute nicht sagen können, wieviel Einheiten in Minuten und Sekunden unserer aller Lebensfrist kürzer geworden und das Böse Werflos um eben diese Spanne gewachsen war und triumphiert hatte. Da trat meine Mutter aus der Seitentür auf den immer noch menschenleeren Platz hinaus, hielt sich im Schatten der Wände. Ich rief laut: »Mutter! Mutter!« und rannte ihr nach. Sie blieb stehn, beugte sich nieder und küßte mich: »Kind, Kind, du bist ja ganz bleich!«

Ich sah ihr in die Augen, von unten nach oben, und die blickten fremd und starr und ganz weit weg.

»Mutter«, keuchte ich, »Mutter, hast du's getan?!«

»Ja, ich habe den Ortsgruppenleiter gebeten, uns wegziehn zu lassen. Er hat nein gesagt. Wir Frauen werden gebraucht in der Munitionsfabrik. Deutschland ist schließlich im Kriegszustand!«

Hand in Hand gingen wir die Dorfstraße hinunter. Die Sonne brach durch, irgendwo schrien ein paar Hähne. An

Leutholds Hausecke küßte sie mich noch einmal und ging in Richtung Munitionsfabrik davon.

Mein Kopf schmerzte. Als ich dann wieder in der Küche gesessen und man mich gefragt hatte: »Michael, wo ist deine Mutter hingegangen?«, mit Stimmen, die nicht eigentlich fragen wollten, die nur die Angst aller in diesem Raum hatten laut und für mich hörbar werden lassen, und ich beiläufig geantwortet hatte: »Sie ist schon in die Fabrik gegangen, ich hab sie ein Stück begleitet«, da war ich ganz weit weg von ihnen, sah Gabriel im blühenden Ginster stehen, den Arm emporgeschwungen, hörte ihn mit einer zum Wahnsinn treibenden, nicht enden wollenden Langsamkeit zählen: ein-und-zwanzig, zwei-und-zw. . ., spürte dieses nackt und grauenvoll gewordene Entsetzen in ihren Gesichtern.

Die Stühle scharrten. Großmutter räumte den Tisch ab. Frau Marin küßte uns und ging zur Arbeit.

»Komm, gehn wir Holz holen!«

Schnell drückten wir uns am Stall vorbei, in dem der alte Klemm das Pferd in bratengerechte Stücke zerlegte, laut mit sich selbst im Gespräch. Fast gewichtslos sprang der Bollerwagen, von unsren Händen gezogen, über das Pflaster. Auf der Stadtmauer wuchsen frisches Gras und lange, im Wind schwankende Goldruten. Als wir durchs Pförtchen hinunter zur Wohra kamen, sahen wir unsren U-Boot-Tank, seit einem Jahr unberührt, verrostet und auf Grund gegangen durch die Wasser schimmern, rochen Jasmin und Geißblatt, sahen die alte Pumpstation hinter der Schebitzschen Pferdekoppel, die Reste der Trümmer emporragen und einzelne Sonnenfäden den Ufergestrüppdschungel durchbrechen.

Seit die Oberlehrerin Brehme, vor zwei Monaten schwer erkrankt, aus der Marburger Universitätsklinik nicht mehr zurückgekehrt und die wenigen Junglehrer ausgerückt waren an die Ostfront, hatte man Werflos Dorfschule und Schulgarten kurzerhand geschlossen.

Ungehemmt war das Unkraut, wilde Brom- und Himbeerpflanzen, aus der feuchten Erde geschossen, hatten Trieb auf Trieb gesetzt und Ranke auf Ranke, dazwischen blühte gelb der Löwenzahn, und riesige Huflattichblätter warfen Schatten. Irgendwo in der Pflanzenwildnis blitzte Glas. Ich nahm einen Kiesel, zielte und warf. ›Ding‹ machte das Glas und war zerbrochen.

»Willst du Krieg spielen?« Marin lächelte traurig.

»Nein.«

Im Ahnapark rauschten die Bäume. Buchen-, Eichen- und Kastanienstämme, verwittert und borkig, jeder verschieden vom anderen und darüber Äste und Ästchen und Zweige und ungezählte Blätter an den Zweigen, die alle flatterten gegeneinander und im Wind, dieses Rauschen erzeugend, das mal stärker, mal schwächer, mal ganz nah oder von sehr weit her zu kommen schien.

»Wieder reiten die Goten! Jeder von uns ist ein germanischer Kämpfer!« sagte ich.

Marin blickte mich an wie aus Träumen.

»Das ist das Heer der Toten. Sie ziehen durch die Lüfte, bis das letzte Gefecht zu Ende und der letzte begraben unter der Erde liegt . . .«

Dann lachten wir beide überlaut.

Wehe, wehe Wind über Werflo hin,
Denn ich warte an diesem Fluß,

Als wir später ein halbes Ster Buchenholz bei Stürmers auf den Wagen geladen, heimgekarrt und an unsrer Stallwand unter dem überstehenden Dachrand aufgestapelt hatten, da sagte plötzlich Marin: »Ich habe euch gar nicht am Mühlteich vorbeigehn sehn heute morgen, das ist doch der kürzeste Weg zur Munitionsfabrik.«

Ich fühlte die Röte in mein Gesicht schießen, wandte den Kopf und antwortete: »Wir hatten viel Zeit. Mutter hat den Weg über den Bahndamm genommen«, meine Zweifel aber waren aufgestöbert. Irgend etwas in mir zählte: ein-und-zwanzig . . . zwei-und. . ., ich sah die Gardine wie von Geisterhand mir die Einsicht nehmen in jenes Zimmer, in dem meine Mutter stehen mußte mit dem Ortsgruppenleiter, der, vielleicht bekleidet mit einem hastig übergeworfenen Morgenmantel, auf sie einredete oder einfach schweigend und begierig zuhörte, was sie, die Mitbewohnerin jenes nicht nur verdächtigen, ihm zutiefst verhaßten Herrenhauses an der Kirchbergschräge, zu berichten in aller Frühe gekommen war. Und dachte: nein . . . nein!, und spürte die Gesichtsröte weichen, drehte den Kopf und sah ihn an. »Mißtraust du uns?«

»Nein. Ich glaube dir.«

Da fühlte ich mich hundeelend, hätte am liebsten geheult, hatte auf der Zungenspitze, zu sagen: Ich hab gelogen, sie ist doch bei ihm gewesen, als Großmutter, weit über die Verandenbalustrade gebeugt, in den Hof hinunterrief: »Günther! Michael! Das Essen ist fertig!«

Wir rannten die Steintreppe hoch, ins Badezimmer zum Händewaschen, dann in die Küche.

Da saßen sie: Frau Marin und meine Mutter, und die Großmutter tischte auf, was es seit langem nicht mehr gegeben hatte: einen riesengroßen Braten, knusprigbraun und würzig riechend. Schon hatten wir Messer und Gabel zur Hand.

»Lasset uns beten!« sagte die Großmutter. Wir falteten die Hände, und sie sprach:

»Herr Gott, Du bist unsre Zuflucht für und für, ehe denn die Berge wurden und die Erde und die Welt geschaffen wurden, bist Du Gott von Ewigkeit zu Ewigkeit, der Du die Menschen lässest sterben und sprichst: Kommt wieder Menschenkinder! Denn tausend Jahre sind vor Dir wie der Tag, der gestern vergangen ist, und wie eine Nachtwache. Du lässest sie dahinfahren wie einen Strom; sie sind wie ein Schlaf, gleichwie ein Gras, das doch bald welk wird, das da frühe blühet und des Abends abgehauen wird und verdorrt. Das macht Dein Zorn, daß wir so vergehen, und Dein Grimm, daß wir so plötzlich dahin müssen. Unser Leben währet siebzig Jahre, und wenn's hochkommt, sind's achtzig Jahre, und wenn's köstlich gewesen ist, so ist es Mühe und Arbeit gewesen, denn es fähret schnell dahin, als flögen wir davon.

Lehre uns bedenken, daß wir sterben müssen, auf daß wir klug werden, Amen.«

Wir machten uns über das Fleisch her, schnitten, kauten, würgten runter. Meine Mutter, sehr bedacht, füllte uns nach und bot auch den beiden Frauen an: Kartoffeln, Gemüse, Soße und wieder Fleisch, und hatte ihren ersten Teller nicht geleert, als wir beim zweiten waren, und aß sehr langsam mit fahrigen Bewegungen ihrer Arme und Hände.

»Der Tisch ist zu groß geworden«, sagte sie plötzlich, »jetzt, wo wir nur noch zu fünft sind.«

»Zu sechst«, sagte die Großmutter und wies mit dem Daumen senkrecht nach unten.

»Ja, zu sechst, natürlich, wie konnte ich das vergessen. Ob die Thomsens wohl gut angekommen sind?«

»Eine weite Reise bis zur Ostseeküste«, antwortete die Großmutter, »und das in diesen Zeiten. Die englischen Tiefflieger beschießen die Personenzüge!«

»Großmutter, was ist das für Fleisch?«

Die Frauen blickten sich über unsre Köpfe hinweg an, und meine Mutter antwortete: »Rindfleisch natürlich, ihr Jungs?«

Marin hörte auf zu essen.

»Es schmeckt so seltsam, und Rindfleisch gibt's doch nicht mehr!«

Dann ließ er das Messer auf den Teller klirren und sagte: »Es ist Bubus Fleisch.« Ich fühlte Übelkeit, und Großmutter sagte: »Ja, natürlich, es ist Pferdefleisch, was habt ihr denn erwartet?« und drehte den Volksempfänger an, während Marin aufsprang, beide Hände vor den Mund gepreßt zur Küchentür hinaus auf die Toilette rannte. Wieder die Drahtfunkstimme:

Feindliche Fliegerverbände führten neue schwere Terrorangriffe gegen deutsche Städte. Am gestrigen Tage wurden Hamburg und Kiel sowie einige Orte im norddeutschen Küstenraum und in den besetzten Westgebieten angegriffen und in der vergangenen Nacht die Stadt Essen erneut bombardiert. Dabei entstanden schwere Verluste unter der Bevölkerung und starke Verwüstungen in den Wohngebieten der angegriffenen Städte. Luftverteidi-

gungskräfte schossen aus den britisch-nordamerikanischen Angriffsverbänden einundsechzig Flugzeuge ab. Fünf eigene Jagdflugzeuge gingen verloren.

»Warum nur schießen sie die feindlichen Flugzeuge nicht ab, ehe die Bomben fallen?« fragte ich. Großmutter sagte was von Übermacht, ungenügendem Flakschutz, von Wolkenbildung und Überraschungstaktik, und ich fühlte plötzlich eine schwere Müdigkeit hinter den Augen. Da hatte meine Mutter am Radio gespielt, wir hörten ein Rauschen wie von fern und eine zerbrechliche, etwas holpernde Stimme aus dem Lautsprecher:

Deutsche Hörer!

»Lassen Sie das mal, bitte«, sagte Frau Marin, und die Stimme fuhr fort:

Wir Europäer, selbst wenn wir im Begriff sind, die Bürgerpapiere der Neuen Welt zu nehmen, wollen stolz sein auf unser altes Europa. Es ist ein bewunderungswürdiger Erdteil. Wieviel leichter, bequemer hätten seine Völker es haben können, wenn sie Hitlers infame neue Ordnung hingenommen, sich in die Sklaverei ergeben, mit Nazideutschland, wie man es nennt, kollaboriert hätten . . .

»Ein Feindsender!« Meine Mutter war aufgesprungen und hatte die Hand am Knopf.

»Lassen Sie!« Großmutters Stimme schnitt. »Das wollen wir zu Ende hören!«

Sie haben es nicht getan. Jahre voll von brutalstem Terror, von Marter und Hinrichtungen haben nicht genügt, ihren Widerstandswillen zu brechen.

»Sabotage!« Mutter war den Tränen nah.

Im Gegenteil, sie haben ihn nur stärker gemacht und das von Hitler geeinigte Europa, das zur Verteidigung seiner heiligsten Güter ...

Sie war aufgesprungen, rief empört: »Das ist Wehrkraftzersetzung und ist verboten! Ich verstehe Ihre Einstellung einfach nicht, Frau Marin!« Und war hinausgegangen, als die Stimme wieder hörbar wurde:

... ist die erbärmlichste aller Nazilügen. Die Fremden, gegen die es die heiligsten Güter zu verteidigen gilt, das sind sie, die Nazis, und sonst niemand. Nur eine dünne korrupte Oberschicht, Verräterpack, dem nichts heilig ist als Geld und Vorteil, arbeitet mit ihnen zusammen. Die Völker weigern sich dessen, und je deutlicher sich der Sieg der Alliierten abzeichnet, desto mehr gewinnt ...

Die beiden Frauen saßen hellwach, Großmutter schüttelte dann und wann den Kopf oder ließ ihn in Zustimmung, als säße der Redner hier bei uns am Küchentisch, nicken.

Sieben Millionen Menschen sind zur Zwangsarbeit deportiert, fast eine Million sind exekutiert oder ermordet worden, und Zehntausende hält die Hölle der Konzentrationslager. Es hilft nichts, der ungleiche, heroische Kampf geht weiter. Wißt ihr Deutschen, daß von euren und den italienischen Truppen in den okkupierten Ländern gut und gern hundertfünfzigtausend ums Leben gekommen sind, teils im Guerillakriege wie in Jugoslawien, Griechenland, Polen und Frankreich, teils durch Attentate wie in Norwegen, Holland, Belgien und der Tschechoslowakei . . .

»Mein Gott, das sind ja Ungeheuerlichkeiten«, stöhnte die Großmutter, »und wir haben von allem nichts gewußt!«

Wieder war diese würdige, mahnende, ergriffene Stimme in unsren Ohren:

Durch Sabotage ist die Kriegsproduktion der Nazis in manchen Gegenden um dreißig Prozent gekürzt worden. Das ist das Werk der Untergrundorganisationen, all dieser Menschen, die namenlos, ruhmlos ihr Leben daransetzen, um Gefangenen zur Flucht zu verhelfen, Kriegsmaterial zu zerstören und durch die Verbreitung illegaler Druckschriften den Geist des Widerstandes im Volke zu unterhalten – Zeitungen, deren Auflagen bisweilen in die Hunderttausende gehen.

Ich sage: Ehre den Völkern Europas! Und ich füge etwas hinzu, das im Augenblick manchem, der mich hört, befremdlich klingen mag: Ehre und Mitgefühl auch dem deutschen Volk! Die Lehre, daß man zwischen ihm und dem Nazitum nicht unterscheiden dürfe, daß deutsch und nationalsozialistisch ein und dasselbe seien, wird in den Ländern der Alliierten zuweilen, nicht ohne Geist, vertreten . . .

Da fühlte ich die Müdigkeit in meinem Kopf schwere, immer engere Kreise ziehn, dachte: nicht schlafen, schlafen, war eingedämmert, hörte keine Stimmen mehr, schrak auf, als das Kinn von der Handfläche rutschte und an mein Brustbein schlug. Noch immer saßen die beiden schwarzen Frauen und Günther Marin, auch die Radiostimme brabbelte noch und sprach:

... aufs tiefste bewegt von den Vorgängen an der Münchner Universität, wovon die Nachricht durch Schweizer und schwedische Blätter erst ungenau, dann mit immer ergreifenderen Einzelheiten zu uns gedrungen ist. Wir wissen nun von Hans Scholl, dem Überlebenden von Stalingrad, und seiner Schwester, von Adrian Probst, dem Professor Huber und all den anderen, von dem österlichen Aufstande der Studenten gegen die obszöne Ansprache eines Nazibonzen im Auditorium Maximum, von ihrem Märtyrertod unterm Beil, von der Flugschrift, die sie verteilt hatten und worin Worte stehen, die vieles gutmachen, was in gewissen unseligen Jahren an deutschen Universitäten gegen den Geist deutscher Freiheit gesündigt worden ist. Ja, sie war kummervoll, diese Anfälligkeit der deutschen Jugend – für die nationalsozialistische Lügenrevolution. Jetzt sind ihre Augen geöffnet, und sie legen das junge Haupt auf den Block für ihre Erkenntnis und für Deutschlands Ehre – legen ihn dorthin, nachdem sie vor Gericht dem Nazipräsidenten ins Gesicht gesagt: »Bald werden Sie hier stehen, wo ich jetzt stehe ...«

Da wurde die Radiostimme einfach übertönt von diesem entnervenden Heulen der Sirene, das uns in Panik und

Schrecken von den Stühlen riß. »Lichter aus! Schnell!«

Und dann rannten wir, rissen die Kellertür auf, stiegen einer nach dem anderen hinab in den Orkus, hinunter in die Welt der Kellerschatten, ehe eintreten konnte, wovor wir flohen, der apokalyptische Vernichtungsschlag von Brand-, Phosphor- und Sprengbomben aus britischen und nordamerikanischen Flugzeugen irgendwo, hoch oben in der Luft, während die Sirene jenen Terrorton des Grauens unerbittlich in unsre Hirne schnitt.

22

Wir saßen auf den segeltuchbespannten Feldpritschen und horchten nach oben ins Gestein.

Marin war aufgestanden, und ich wußte, jetzt geht er den gewohnten Weg, vorbei am Kohlen- und Kartoffelkeller, die Ganggerade entlang, scharf um die Ecke zu den hinteren Räumen, macht halt vor einem alten Milchschrank, ruft oder klopft. Nein, da traten beide schon zu uns herein und hatten sich irgendwo im dunklen Gang getroffen.

Leuthold glich einem Bild des Schreckens. Haarig zugewachsen stand er reglos unter der Glühbirne und blickte zuerst irritiert, dann beruhigt in die Runde.

»Ihr braucht keine Angst zu haben, die fliegen vorbei!«

Schon hörten wir dieses ganz entfernte Grollen, das zum Brummen wurde, das sich auflöste in deutlich unterscheidbares Motorengedonner, ziemlich tief in der Luft und dicht über Werflo, und Leuthold sagte: »Die Piloten können eine einzelne, nicht verdunkelte Lampe über viele Kilometer hinweg in ihren Kanzeln sehen, die Nachtjäger mit ihren Bord-MGs könnten einen Menschen in diesem Lichte töten.«

Das Donnern wurde zum Grollen, wir atmeten tief aus

und durch, und ich wischte mir den Schweiß von der Stirn.

»Aber irgendwo lassen sie doch die Bomben fallen!« sagte Frau Marin, und wir spürten diese Zerbrechlichkeit in ihrer Stimme und hörten den alten Leuthold antworten: »In Frankfurt vielleicht oder in Gießen, da gibt's Industrie und Tausende von Menschen. Sie wollen die Rüstung lahmlegen und die Widerstandskraft der Bevölkerung brechen!«

»Der Nazibevölkerung«, verbesserte die Großmutter, »bei uns gibt's nichts mehr zu brechen. Lieber heute Schluß mit Regime und Krieg als morgen!«

Und Frau Marin sagte: »Ja, Mutter, da hast du recht, daß unser Kellergeist wieder ans Licht kommen kann.«

Leuthold ergriff ihre Hand: »Ich werde Ihnen das nie vergessen. Dieser mörderische Krieg ist in wenigen Wochen zu Ende. Die Ostfront ist gefallen. Die Rote Armee ist im Vormarsch am Don. Roosevelt hat in Casablanca bereits die bedingungslose Ergebung von Hitler gefordert. Bald werden die Alliierten die Feste Europa knacken und uns von der Diktatur befreien! Freiheit! Fast hab ich vergessen, was das ist!«

Großmutter nickte: »Ja, Leuthold, da wirst du noch gebraucht werden, wenn's soweit ist!«

Die Sirene entwarnte, ich beobachtete meine Mutter, die schwieg und schwieg, zu Boden starrte und mit ihren Fingern knackte. Und sah wieder den alten Leuthold, zugewachsen und abgemagert, und hörte noch einmal in der Grabesstille die Worte: Freiheit! Freiheit, und begriff sehr deutlich, daß hier etwas sehr Kostbares gemeint war, von dem ich mir keine Vorstellung machen konnte. Da hörten wir Stimmen draußen im Gang, dicht bei der Tür, und sahen den alten Leuthold hilflos aus den Augen blicken.

Hart schlug Metall gegen Metall. Eine herrische Stimme befahl: »Aufmachen! Geheime Staatspolizei!«

Niemand rührte sich. Die Klinke kippte nach unten, und die Tür, weil niemand sie abgeschlossen hatte, ging einfach auf. Herein traten die beiden Ledermäntel, hinter ihnen Ortsgruppenleiter Flimm mit gezogener Pistole, die sich auf die linke Kellerecke ausrichtete mit einem hörbaren Geräusch, das der Entsicherungsbügel verursachte.

»Ich protestiere, das ist Hausfriedensbruch!« rief die Großmutter.

Der erste Ledermantel lachte schallend laut. Der Paul Genannte brüllte: »Ruuuhe!«

Die Ruhe, die jetzt einschlug, gehörte dem alten Leuthold, an dem sich die Blicke der drei Männer festsaugten: Flimms listig wieselnde Augen, die ihn kannten und wiedererkannten unter dem eisgrauen Bartwuchs, die kalt und sachlich blickenden Augen der Gestapomänner.

»Sind Sie Georg Leuthold, Fuhrunternehmer aus Werflo?« fragte der Paul Genannte.

»Ja, er ist's!« schrie Herr Flimm.

Leuthold stand auf: »Ich habe mich wegen des Fliegeralarms in diesen Keller geflüchtet.«

»Wo ist Ihr Durchsuchungsbefehl?« Die Großmutter hatte sich schützend vor Leuthold gestellt.

»Ah, unsre combattante Oma!« sagte der erste Ledermantel und gab ihr einen Faustschlag vor die Brust, der sie quer durch den Raum in die Ecke schleuderte. Sie blieb liegen. Frau Marin war aufgesprungen.

»Wie konnten Sie das tun, sie ist eine alte Frau!«

»Halt, bleiben Sie sitzen, oder ich schieße!«

Der Ortsgruppenleiter hatte den Lauf der Pistole von Leuthold weg gegen Frau Marin geschwenkt.

»Sind Sie die Ehefrau des Generalleutnants Marin?« fragte der Paul Genannte.

»Ich bin seine Witwe«, hörten wir Frau Marin leise antworten. Und da sagte Paul: »Sie sind beide verhaftet! Wegen Fluchtbeihilfe für einen jüdischen Untermenschen, wegen Landesverrats und vorsätzlicher Irreführung! Kommen Sie mit!«

Die Großmutter stöhnte, meine Mutter saß ganz und gar erstarrt, lebloser als eine Stoffpuppe auf ihrer Segeltuchpritsche.

»Das können Sie nicht tun!« sagte der alte Leuthold. »Sie hat einen Jungen und die alte Frau zu versorgen und hat mit der ganzen Sache nichts zu tun!«

»Das mußt grade du uns erzählen! Ich habe beide Frauen dieser sauberen Familie Worte sagen hören, die mehr sind als nur Wehrkraftzersetzung oder Landesverrat! Das«, rief Herr Flimm in Wut und zeigte auf Leuthold, Frau Marin und die Großmutter, »sind die Leute, die den Dolchstoß führen in des Volkes und unsres Führers Rükken. Nehmt sie mit, sie sind des Todes!«

Da sahen wir den alten Leuthold sich gegen den Ortsgruppenleiter bewegen, mit einer Langsamkeit, die seine Schritte auszulöschen schien, und hörten ihn sagen: »Du gemeiner, unmenschlicher Leuteschinder, dich bring ich um!« und sahen ihn auf Armeslänge herangerückt und sahen die beiden Gestapomänner, von denen jeder ihn leicht hätte greifen können, und hörten Herrn Flimm hysterisch rufen: »Bleib stehn, oder ich schieße!«

Laut summte eine Schmeißfliege in der Stille, Leuthold

schwebte weiter, und die Schußdetonation nahm uns das Gehör. Der Alte prallte im Rückschlag gegen die Luft und klappte zu Boden. Ich sah meine Mutter den Mund bewegen, sah, wie Marin sich zur Großmutter in die Ecke flüchtete, und hörte ganz entfernte Stimmen, die näher kamen, und hörte den ersten Ledermantel sagen:

»Das war ein glatter Mordversuch am Ortsgruppenleiter!«

Und der Paul Genannte sagte: »Herzdurchschuß! Erspart dem Richter die Arbeit und dem Henker den Strick!«

Herr Flimm ließ die Pistole sinken und steckte sie ins Futteral über seiner rechten Gesäßbacke.

»Holen Sie sich Mantel und Waschzeug und kommen Sie mit!«

Frau Marin sah ein letztes Mal in die Runde, schweigend überfordert, vorzeitig grau und alt geworden. »Lebt wohl ...«, ihre Stimme war nicht weich, nicht hart, eher knarrend, ohne Selbstmitleid, wie jemand Worte gebraucht, die, noch unausgesprochen, ihm bereits fremd geworden sind. Sie schlug die Augen nieder und ging zwischen den beiden Ledermänteln und hinter dem Ortsgruppenleiter Flimm davon. Da plötzlich, aus einer tiefgreifenden Erstarrung gelöst, sprang meine Mutter auf von ihrer Pritsche und rannte ihnen nach.

Und aus dem dunklen, echotragenden Gewölbegang hörte ich ihre Stimme zurückschallen: »Nein! Nein! Laßt sie hier, die Frau. Das alles habe ich doch gar nicht gewollt ... gewollt ... gewollt ...«

Marin, seinen Kopf der Großmutter in den Schoß gebettet, blickte mich an, und ich sah durch ihn hindurch auf das feuchte, tropfende Felsgestein in seinem Rücken und dachte: nein, nein, nein ... sag's nicht, und hörte ihn sagen: »Und ich hab dir geglaubt!«

Ich wollte sprechen, wollte antworten und fühlte Leere in mir, bleischwere Müdigkeit und dachte: Sie hat uns ... verraten, und hörte mich ganz laut schreien: »Ich schwöre, ich habe von allem nichts gewußt!«

Hinaus rannte ich in den dunklen, kalten, modrigfeuchten, ganz und gar finster werdenden Gang.

23

Ich lag in meinem Bett, hörte kurz darauf Großmutter und Marin die Treppenstufen emporsteigen und an meiner Tür vorbeigehn. Ich lag in meinem Bett in dem geräumigen Kinderschlafzimmer ganz allein und weinte und wußte, von nun an würde ich alleine schlafen und alleine wachen, mit allen Träumen und meiner Angst allein bleiben, und dachte: Nur der Tod kann die Schuld löschen, ich will sterben, und hörte die Pistole knallen und sah immer wieder den alten Leuthold zu Boden brechen, in grauenhafter Endgültigkeit. Und ich hörte den Wind draußen vor dem Fenster, der in den Platanenblättern rauschte, der an den Schindeln der alten Scheune riß, und hörte wieder Stimmen unten im Hof, Männerstimmen und die meiner Mutter, hörte die Kellertüre quietschen in der Nacht und wieder Wind, Wind, Wind, der kühl über meine Haut, über die heiße Stirn strich, dachte: Wir sind schuld an allem: du, Mutter, und ich, wir sind schuld, daß er tot ist und Frau Marin verhaftet und die Großmutter geschlagen. Und ich sah sie, in die Kellerecke geknickt, sah den Vorwurf, die stumme, mit keinem Wort laut gewordene Anklage in ihren blauen Augen, als man ihr die Tochter griff, abführte und sie, die mehr als doppelt ältere

Frau zurückließ in ihrer Ohnmacht, in ihrem Schmerz.

Wieder waren die Stimmen im Hof, und Füße scharrten, und ich hörte den Bürgermeister sagen: »Vorsicht, das Blut!«, dann klapperte das Eisentor, die Stimmen wurden schwächer, und ich wußte: Jetzt tragen sie die Leiche den Gefangenenberg hinunter in *ihr* Haus. Vor dem Fenster war es Nacht und blieb es Nacht, nicht irgendeine, sondern diese nicht austauschbare, noch immer währende Nacht, in die hinein und aus der heraus, den Berg hinauf, nein, einfach durch die schalltragend hellhörige Luft plötzlich eine hohe Fistelstimme schrie: »Mein Georg! Mein Georg ist tot!«

Und da hörte ich mich in die Zimmerstille sagen: »Ich hasse Werflo . . . ich hasse mich . . .« Dann zählte ich Schafe und hatte fünfzehn Hundertschaften beisammen und war immer noch hellwach, dachte: Schlafen, schlafen, ich will schlafen, und hörte ganz weit entfernt Schritte an mir vorbeigehn und hörte wieder Schritte und schlug die Augen auf. Der Morgen hatte die Nacht vergraut. Mutter ging in die Munitionsfabrik.

Bald klopfte es an meiner Tür: »Michael, aufstehn!«, und die Kirchturmuhr schlug acht. Ich schlich die Treppe hinunter in die Küche. Da saß die Großmutter und neben ihr Marin, und drei Gedecke waren aufgelegt. Ich setzte mich schweigend. Ich hatte keinen Hunger.

Die Großmutter schlug die dicke Familienbibel auf und las: *»Hiob antwortete und sprach: Wenn man doch meinen Unmut wöge und mein Leiden zugleich in die Waagschale legte! Denn nun ist es schwerer als Sand am Meer, darum gehen meine Worte irre. O daß meine Bitte geschähe und Gott gäbe mir, was ich hoffe! Daß Gott anfinge* *und zerschlüge mich und ließe seine Hand gehen und zerscheitere mich!«*

Sie schloß die Augen und lehnte den Kopf, halb ins Licht gedreht, halb im Küchenschatten, gegen das Fensterglas und sprach, als seien wir nicht und nicht sie anwesend in diesem Raum, als sei sie nichts als Stimme, die ebenso im Wind hätte laut werden können: *»Und ich will Jerusalem zum Steinhaufen und will die Städte Juda wüste machen, daß niemand drinnen wohnen soll. Der Tod wird zu unseren Fenstern hereinfallen und in unsre Paläste kommen, die Kinder zu würgen auf den Gassen: so spricht der Herr: Sage, der Menschen Leichnam soll liegen, wie der Mist auf dem Feld, und wie Garben hinter den Schnittern, die niemand sammelt . . .«*

Wir saßen in der stillen, ausgekühlten Küche in einer winzigen Ecke des riesigen Herrenhauses, zu dritt nur noch und jeder für sich allein.

Dann und wann, über, neben oder unter uns, knackte es laut, und wir wußten, es war das uralte, wurmstichige, in Jahrhunderten dunkel und dunkler gewordene Holz und Gebälk, das sich streckte in der Feuchtigkeit, das atmete und Überlebenszeichen gab und weiterschwieg, wie es fast ein Jahrtausend gelebt und geschwiegen und überdauert hatte, während in dieser unausdenkbaren Frist ungezählte Menschenstimmen laut und leise geworden waren, um ein für allemal, unwiderruflich im Schweigen zu versickern und für das alte Gebälk stumm zu werden. Der Himmel war bleigrau draußen vor dem Fenster über dem Giebel des Scheunendachs, Wind wogte und zerwühlte die Blättermassen der Platane, der Regen fiel aus einem wasserschweren, das Sonnenlicht vergrauenden Wolkensturm, stürzte durch die Luft, klatschte auf die Dächer, gurgelte in Dachrinnen und Tonnen und netzte fast lautlos das fette hohe Gras.

»Mich! Mich hätten sie mitnehmen sollen!« Ihre Stimme glich einem Klagegesang. »Ich bin uralt. Meine Augen haben zu viel gesehen. Meine Ohren haben ein Übermaß gehört. Meine Augen, meine Ohren sind müde geworden, und mein Geist ist überschwer . . .« Da hörten wir eine Art Schluchzen, ein Weinen, ein hüpfendes, mal hohes, mal tiefer klingendes Geräusch, das ihr aus Brust, Hals und Mund in die Stille entstieg und nicht abreißen wollte und plötzlich fistelig und dünn sich streckte und klang wie ein Sägeblatt im Eichenkern.

»Mein Gott«, sagte sie und blickte uns an, »es muß etwas getan werden, ich muß etwas tun! Sie ist mein einziges Kind!«

Marin sagte: »Hoffen und warten, warten und hoffen!«

Da sprang sie auf, Altersmüdigkeit und Resignation einfach wegwischend, als habe sie Furcht, auch nur eine Sekunde zu versäumen. Und dachte vielleicht, während sie das wollene Umhängetuch vom Haken riß und schwarz um ihre hageren Schultern schwang, dachte: Jetzt, jetzt ist der Augenblick gekommen, wo ich handeln und handelnd das allerletzte einsetzen muß an Willen, Widerstand und Überzeugungskraft, und wir mußten uns strecken, rechts und links neben ihr, um Schritt halten zu können mit diesem gegen Wind und Regen vorgebeugten, vom Schafwolltuch nur notdürftig geschützten Körper der alten Frau, der über das Kopfsteinpflaster in Richtung Marktplatz hetzte. Blicke empor zu den Fenstern riskierend, sah ich graue Gesichtsflecken hinter Scheiben und

Augenpaare zwischen Gardinenritzen herunterspähen, wesenlose Zeichen von Aufmerksamkeit, Neugierde, vielleicht Mitempfinden, wer konnte das wissen, sah und hörte die Hakenkreuzfahnen flattern und regenschwer umeinanderpeitschen und war sicher, daß all diese Gesichtsflecken hinter den Fassaden wußten, was letzte Nacht in unsrem Hause geschehen war.

Dann sahen wir den Rathausturm, und ich blickte hinauf zum Wagenrad und bemerkte, daß die Störche ihr Nest verlassen hatten, und spürte Angst, als Großmutter jetzt zielstrebig auf die Flimmsche Ladentür zusteuerte, als ich hinter der großen Schaufensterscheibe nicht nur Frau und Sohn Dieter, sondern den Ortsgruppenleiter selbst in voller Uniform an der Kasse stehen sah. Ding machte die Glocke und noch mal ding, und wir standen im Laden, im Dämmerlicht, und rochen die Gewürze.

»Ich wüßte nicht, was Sie hier noch zu suchen haben!«

Herr Flimm starrte uns an.

»Ich bin gekommen, Sie um das Leben meiner Tochter zu bitten.«

»Das ist wohl das erste Mal, daß ich Sie ›bitte‹ sagen höre!«

»Dazu kann es nie zu spät sein, wenn's um Menschen geht«, antwortete die Großmutter leise: »Sie haben doch selbst Kinder, die Sie lieben.«

Da trat der Ortsgruppenleiter hinter der Kasse hervor, bewegte sich ganz langsam um den Ladentresen herum und blieb dicht vor ihr stehen.

»Na und?«

»Vor Ihnen steht eine Mutter und bittet Sie um Verständnis, um Hilfe.«

»Mein Mann hat nur getan, was er kraft seines Amtes tun mußte!« sagte Frau Flimm, und Sohn Dieter schrie: »Es ging um Deutschlands Ehre! Dies mußte geschehen, damit Deutschland lebe!«

Und Herr Flimm sagte mit unbeweglichem Gesicht, in dem ich nur die Augenlider auf- und niederwippen sah:

»Gesetzt den Fall, ich wollte Ihnen helfen und hätte auch noch Grund dazu ... so muß ich Ihnen sagen, es ... ist ... zu ... spät! Die Gestapo hat sie mitgenommen. Und seien Sie gewiß, Ihre Tochter wird ihr gerechtes Urteil finden!«

»Und das heißt: Tod.« Großmutter war sehr bleich geworden unter seinen Worten und klein und verkrümmt wie am frühen Morgen, und ich sah sie den Ortsgruppenleiter anblicken mit ihren von Kummer und uraltem Wissen gezeichneten Augen, die dämmrige, staubziehende Luft durchdringen und sah die alte Frau auf beide Knie fallen und Herrn Flimms Hand ergreifen:

»Bitte, haben Sie Erbarmen.«

Da kam Bewegung in den gedrungenen, muskelstrotzenden Körper des Mannes. Er riß die Hand weg, eilte hinter den Tresen und schrie: »Wie können Sie das verlangen? Ich hab doch nichts, aber auch gar nichts anderes als meine Pflicht getan!! Gehen Sie und danken Sie dem Führer, daß man Sie und den Jungen geschont hat!«

Da setzte die Großmutter erst den rechten Fuß vor unter ihrem schwarzen weiten Rock, dann hörte ich den linken über den Holzfußboden scharren, dann hatten wir ihr unter die Achseln gegriffen, und sie stand wie vorher klein und verkrümmt im Kramladen und sagte: »Kommt, ihr Kinder, wir müssen gehn.«

Ding ... ding machte die Glocke.

Jetzt nahmen wir wahr im Strichregen dicht gedrängt vor der Schaufensterscheibe ein gutes Dutzend Körper in Kleppermänteln, einige in SA-Uniform gekleidet, die sich hatten naß regnen lassen, um dichter dran zu sein, um wenn schon nicht hören oder riechen, so doch mit den Augen registrieren zu können, was im Flimmschen Kramladen geschehen war.

»Da sind sie!« schrie Herr Hoffmann, Stadtschreiber und SA-Mitglied. »Ich hab die ganze Sache mit dem Judenbankert ausgegraben!«

Die Menschengruppe geriet in Bewegung, formierte sich, einen Halbkreis bildend, der keine Lücke ließ. Wir standen reglos vor der Ladentür, und ich hörte, wie hinter unseren Rücken an der Innenseite des Holzes jemand den Riegel vorschob. Hinter Großmutter hervorguckend, erkannte ich einige Gesichter: Pitter Ficke, Horst Pinnebergers Rotschopf, Bulli Kahlerts gefürchtete Frettchenaugen, die gierig in die Runde spähten. Sie alle in HJ-Uniformen, stramm und eisern, und dahinter im zweiten Glied, sie an Körpergröße überragend, die SA-Leute und der Dorfgendarm Berglod, der hilflos zu uns herüberblickte. Ich hatte Angst und spürte Marins Körper dicht an meinen oder mich an den seinen gepreßt zittern. Und so hatten wir der Gruppe schweigend gegenübergestanden, als Großmutters Stimme vor uns durch Regengepladder und Wind in aller Ohren schnitt: »Was soll das, lassen Sie uns durch!«, und sie der Stimme durch ihren Körper Nachdruck verlieh, der sich einen Ruck gab, erst Marin, dann mich, die wir uns fest an den Händen hielten, mitriß gegen das nächststehende Glied der Kette.

Bulli Kahlert wich zur Seite, der Stadtschreiber Hoffmann jedoch blieb, beide Hände ins Koppel gestemmt, unverrückbar und eisern stehn.

»Judenknechte! Volksverräter!« Ohne hinzusehen, fühlte ich Bewegung durch die Körper zucken, die den Kreis fester schloß, die eine Spannung herstellte und in der Schwebe hielt: einundzwanzig . . . zweiund. . .

»Ich bitte Sie nochmals, wir müssen nach Hause!«

»So einfach kommt ihr nicht davon!« Herr Hoffmann schrie. Flankiert von den SA-Leuten, marschierten wir die Dorfstraße entlang, neben uns Stiefelgedröhn, hinter uns, unsichtbar das Tempo bestimmend, unter Gröhlen und zurufenden Einzelstimmen: »Judenknechte! Volksverräter!«, drohte Werflos Volksmasse. Gardinen flatterten und Stimmen aus weitgeöffneten Fenstern: »Volksverräter! An die Galgen mit ihnen!« klang's von oben wie unten wirr durcheinander, und wir wankten über das Kopfsteinpflaster, Großmutter in der Mitte, wir rechts und links eingehängt, unter dem trommelnden Regen, durch Jauchepfützen und Pferdemist, mit zitternden Knien und erhobenen Köpfen.

24

Das Wasser kübelte vom Himmel, als wir am Fuß des Gefangenenbergs angelangt waren, blieb sekundenlang in oder unter den Wolken einfach stehen und prasselte als Hagelschlag taubeneigroß und schmerzhaft-wuchtig auf unsre Körper, auf Werflos Dächer und Steine nieder. Allen Mut nahm ich zusammen, drehte den Kopf und sah den Volkspulk rückstauen gegen die Dorfstraße und von Hagelgeschossen verpeitscht den schützenden Dächern, den Stiegen und Fluren entgegenhetzen. So standen wir allein wie eine Stunde zuvor im Hof des Herrenhauses, und Großmutter, die sich erschöpft auf unsre Schultern stützte, drängte in den verlassenen Pferdestall.

»Ihr Kinder, jetzt haben wir keinen Menschen mehr in Werflo. Wir sind allein und von Gott verlassen!«

Sie fiel auf die Futterkiste, zitternd wie Espenlaub, so daß die Schmeißfliegen in Schwärmen von ihrem Körper abließen und wir uns verstört in die Stallbox flüchteten.

»Großmutter! Großmutter, komm ins Haus!« Marin auf Zehenspitzen war herangetreten und hatte sie geküßt und gestreichelt und wieder geküßt, bis ihre Schreie leiser geworden und verstummt waren.

Als wir dann über den Hof, die Steinstiegen empor,

atemlos in der düsteren Eingangshalle angekommen waren, kippten wir sie in den Ohrenbackensessel aus Plüsch, zogen uns zwei Stühle heran und hechelten. Laut knackte das Holz irgendwo in der feuchtkalten verstaubten Düsternis. Wir blickten empor und sahen schweigend und ratlos die Marinschen Ahnen, einen neben dem anderen, auf ebenholzdunklen Gründen hinter rissigem Mattlack oder Firnis, was weiß ich.

»Wir sind am Ende und verlassen . . .«, sagte Marin wie jemand, der Worte gebraucht, die, noch unausgesprochen, ihm bereits fremd geworden sind.

Weg, nur weg von hier, dachte ich, hinaus auf meine weißen Flußsommerwiesen! Und wurde geschüttelt von Unruhe und sah, daß der kalte Himmel über dem Scheunendach sich leergehagelt und geglättet hatte, und sah die Bodennebel an den schwarzen Zaunpfählen emporkriechen, bis die Spitzen und die Felderung im Nebelgrau versunken waren. Und dann sprang der Wind gegen die Platane, zwischen silbrigen Blattrücken schimmerte erstes Gelb, riß ab und wurde davongewirbelt. Dann war der Wind in den Nebelfeldern, und ich sah in der jetzt grau versprühten Luft die Lahnberge unsichtbar und ebenso plötzlich zu Riesenbuckeln werden.

»Die Berge! Die Lahnberge rücken gegen Werflo!« rief ich erschrocken, hielt inne und erinnerte: Ach, es sind nur Nebel und Wind, die mir ein Trugbild vorgaukeln.

»Still, mein Kind. Still.«

Die Großmutter hatte sich aufgerichtet im Sessel und saß jetzt, den Rücken gegen die Lehne gestemmt, weißhaarig und verrunzelt, und ihr zu Füßen hockte Marin und bat: »Omi, erzähl uns eine Geschichte.«

Durch die geöffnete Eingangstür, Schlag um Schlag, in genau dem Zeitabstand, den jemand braucht, einen Klotz aufzuheben, hinzustellen, die Schneide niedersausen zu lassen, hörten wir Holzscheite zerspringen und auf schon zerspaltenes Holz niederprasseln. Ich schlurfte zur Tür, die Axt verstummte.

»Es war einmal«, hub sie an mit einer Stimme so spröde und leer, »ein Haus, gebaut aus meterdickem Basalt. Viele hundert Jahre lang stand dieses Haus unzerstörbar und fest inmitten eines blühenden Gartens an der Kirchbergschräge. Jahrhunderte voller Zwist, Haß, Mord und Wahnsinn. Geschlechter lebten im Schutze seiner Mauern, Namen, heute nichts als Schall und Rauch . . .

Heinrich zu Löwenstein,

Johann von Hohenfels,

Franz von Hatzfeld . . .

Und ganz zuletzt das Geschlecht der Marins. Frieden kam und ging. Der Krieg blieb.«

Da hörten wir Marin angstvoll rufen:

»Großmutter! Großmutter! Was sprichst du . . .«

Mich fröstelte. Ich sah ihre rechte Hand über die zugefallenen Augenlider wischen, um rückzukehren in eine von Grauen und Tod unberührte, den Schattenvögeln nicht zugängliche Welt.

»Es war einmal, es ist gewesen, und es wird sein«, sprach sie jetzt mit geschlossenen Augen und ganz leise, »ein Garten und ein Haus, und in dem Garten blühende Mandelbäume ohne Duft. Und über dem Garten ein immer helles Licht und eine Luft, in der Flaumfedern wie Stein so schnell zu Boden fallen. Worte klingen dort nicht . . .«

Sie machte uns ein Zeichen. Wir faßten sie rechts und links unter die Achseln, halfen ihr Stufe für Stufe den samtroten Läufer hinauf, durch den verfinsterten Gang des Obergeschosses in ihre Kammer aufs Bett. Dort blieb sie liegen, sprachlos und zu Tode erschöpft.

25

Wir lagen in unsren Betten, Marin und ich, in dem großen kalten Kinderschlafzimmer, zwischen uns die beiden leeren Bettgestelle, rechts an der Wand der wuchtige Bauernschrank aus heller Eiche.

»Mussolini ist gestürzt und verhaftet!« sagte ich und blieb ohne Antwort. »Warum verhaften sie Hitler nicht?«

»Zu spät! Laß mich schlafen! Verräter!«

Und in das künstliche Schweigen hinein, in dem geräuschlos die weißen Tüllgardinen sich regten, aus der klaren Nachtgewitterluft heraus hörte ich wieder die Bäume rauschen, wehe, wehe Wind über Werflo hin, und roch den Blütenduft, Jasmin und Geißblatt und wilde Minze im Wind und spürte eine große Unruhe, dachte: Weg, weg, hinaus auf die Wiesen, trat leise ans Fenster und sah den Scheinwerfer am Roten Grund durch die verwachsenen Erlenbüsche schlitzen, sah Werflos Höfe und Giebelsilhouetten in dieser vom Mondlicht wider das Gesetz durchbrochenen Dunkelheit zwar verschattet, für jedes Flugzeug aber himmelhoch sichtbar kauern am Wohraufer unter einer Nacht wie dieser, die keinen Schutz gewähren kann.

Ich fror. Reglos lag ich auf dem Rücken, begraben unter

dieser jahrhundertealten Stille, die zwischen Basalt und Holztäfelung ruht, die herauskriecht aus den Ritzen, sobald die Dunkelheit vor dem Fenster steht.

ich ging unter blühenden kastanienbäumen hinunter zum fluß, entlang der stadtmauer im goldregen und sah das zifferblatt der kirchturmuhr aufblitzen im letzten, späten nachmittagssonnenlicht und wußte, jetzt fallen fünf gläserne schläge, aber das schlagwerk blieb stumm. ich erschrak, mit nackten füßen im hohen schnee, und sah die langen reihen der blechkannen, die frierenden frauen daneben und hetzte quer über den rasen im ahnapark und sah marin am bismarckdenkmal mit einem stöckchen in der hand, und zwischen gekreuzten schwertern und einem lorbeerkranz aus eisen waren eingraviert die namen der toten, und darüber las ich in großen lettern: dem sieg geweiht vom krieg zerstört den frieden mahnend, und hörte jemanden rufen im eisigen wind: märzlämmchen streicheln, märzlämmchen streicheln. unter hochstämmigen kastanien, entlaubt gegen den schwarzgrauen himmel geschnitten, hetzte ich die straße entlang und schrie: vater, vater, du mußt siegen . . . das lammfleisch hab ich mir nehmen lassen.

Dann heulte die Sirene, ein langgezogener, auf- und niederschwingender, Herz und Hirn zerfetzender Ton, und mein Körper wurde geschüttelt, und ich schrie, schrie in Todesangst.

»Kommt schnell!« sagte eine Stimme, die meiner Mutter. »Schnell in den Keller! Fliegeralarm!«

Marin wartete an der Tür. Ich griff nach Hose und Strümpfen, riß im Laufen meine Jacke vom Nagel, während Mutter in Großmutters Kammer verschwand. Zitternd stiegen wir die steile gewundene Steintreppe, mit Schultern und Hüften aneckend, einundzwanzig Stufen in die Tiefe hinab, hinunter in dieses von Feuchtigkeit tropfende, von Eisesluft und Moder durchwehte Gewölbe. Wir hockten auf den Feldpritschen und horchten nach oben ins Gestein. Hinter Drahtgeflecht und Glas brannte die Glühbirne. Ein Pritschenholm knackte, wir reckten die Hälse. Der Drahtfunk zertickte Zeit und Angst, und wir atmeten ruhiger, wußten, solange der tickt, wird diese unheimliche, über Städte und Felder schwingende, Backstein und Basalt wie nichts durchbrechende Stimme schweigen.

Da stand Mutter in der Tür, den Arm voll nasser Tücher, setzte sich neben mich auf die Pritsche und sagte: »Sie hat sich geweigert! ›Hier bin ich, und hier bleib ich, in meinem Zimmer, in meinem Bett! Mein Schicksal liegt in Gottes Hand!‹«

Höchste Gefahrenstufe für die Stadt Marburg. Die Bevölkerung wird aufgefordert, Ruhe zu bewahren und Disziplin . . . Luftschutzmäßiges Verhalten ist un-be-dingt erforderlich . . . Es ist dreiundzwanzig Uhr siebzehn.

Die Stimme schwieg.

»Marburg ist nicht Werflo«, sagte meine Mutter.

Marburg ist nicht Werflo, Werflo ist nicht Marburg.

Und da reckte Marin den Hals: »Horcht nur, horcht!«

»Ihr braucht keine Angst zu haben!« schreit Mutter. »Die fliegen ganz gewiß vorbei!«

Und wir hören dieses entfernte Grollen.

Und Marin sagt ganz laut: »Jetzt sind wir dran!«

Motoren donnern tief in der Luft, genau über Werflo und über unsrem Haus.

Entfernte Detonationen, schneller, als ich mitzählen kann. Marin rief in die Stille:

»Großmutter! Großmutter!«

Dann schlug's ein.

Die Druckwelle riß uns zu Boden, die Glühbirne erlosch. In der Finsternis lag ich, roch Staub und glaubte zu ersticken. Der Boden schwankte, Kellerwände schienen auf uns niederzustürzen. Ich spürte eine feuchte Hand an meinem Gesicht, packte zu und hörte Marin flüstern: »Lebst du noch?« und sagte ganz laut: »Ja, ja, hier bin ich!«

Langsam richteten wir uns auf, stießen nirgendwo an Fels und wußten, daß die Wände standgehalten hatten.

»Mutter?!«

»Ja, Kinder?«

Da spürten wir die Hitze durch den Schacht nach unten drücken.

»Schnell raus hier«, keuchte sie, »ich glaube, das Haus steht in Flammen!«

Schlag folgt auf Schlag. Die Wände beben, während wir uns durch den langen Gang tasten, Brocken fallen irgendwo aus der Dunkelheit. Die Hand meiner Mutter klebt. Von Blut oder Schweiß? Wir sehen einen Lichtpunkt am Ende des Ganges. Eine brennende Katze rennt vorbei und schreit. Wir stehn am Fuß der steilen Treppenstufen.

»Michael? Günther!?«

Da knallt die eiserne Kellertür nach innen, Wäschestangen klirren herunter, Schutt prasselt, Staub und Hitze nehmen mir den Atem. Ich presse das nasse Tuch vor Mund und Nase und sehe einen Flammenhimmel.

»Raus, schnell raus hier!« schreit Mutter. Wir hetzen

die Stufen empor. Durch Geröll und Staub springen wir in den Hof hinaus. Ein ganz und gar fremdes Rauschen ist in der Luft. Wir starren nach oben: Die Kirche brennt. Das Schebitzsche Anwesen brennt. Kühe blöken. Das Herrenhaus steht in Flammen. Die Steintreppen glühen weiß. Schwarze Rauchsäulen steigen aus den Fensterlöchern.

»Großmutter! Großmutter!« Marin will sich losreißen.

Mutter hält fest, und er wird still hinter dem nassen Tuch.

Wir rennen durch den Hof, durchs Hinterpförtchen hinaus. Funken sprühen im Wind um die flammende Kirche. Schwarzgrauer Qualm wischt die Sterne aus. Da höre ich einen Knall, ein brüllendes Donnern, sehe hinter der Finsternis eine strahlende Sonne steigen. Tauben, Spatzen und Krähen fallen brennend aus der Luft. Den alten Klemm höre ich.

»Die Munitionsfabrik, die Munitionsfabrik hat einen Volltreffer!«

Die Luft rauscht nicht mehr, sie heult jetzt und prasselt unter dem Feuerwind. Ätzender Gestank weht aus den Ställen. Das Blöken der Kühe ist verstummt. Die Armbanduhr zeigt Mitternacht.

Ich hetze vorbei am Schleusenrechen, höre ein letztes Mal das Surren der Unterwasserturbinen, bumm, bum, bumm, bum schlägt das Herz, als wolle es davonstürzen, und treibt mich durch die Stadtmauerpforte hinaus an die Wohra. Der Gluthimmel zuckt, der Rauch verweht. Ich höre Stimmen, fremdartige Worte vom Uferpfad, sehe Sträflingsuniformen und dann Gesichter in langer Reihe gegen Werflo marschieren. SS-Männer kommandieren:

»Schnell, ihr Lumpen! Es muß gelöscht werden!«

Frauen, Männer, Kinder eilen vorbei. Reglos stehe ich im Schlamm, Wasser über den Schultern. Kalt, kalt. Die Wasser unter dem Feuersturm!

Leise schlingert die Wohra und zerrt am Schilf. Da höre ich ganz dicht an meinem Ohr Schwimmstöße.

»Pst!« macht der Kahlkopf.

»Vorwärts! Los voran!« dröhnt's vom Ufer herunter und ist vorbei.

Noch immer glüht die Mitternachtssonne.

»Wer bist du?« sage ich laut in die heulende Luft und sehe den wilden Kirschbaum auf der Stadtmauer seine Äste krümmen.

»Erkennst du mich nicht?« sagt eine Stimme ganz dicht an meinem Ohr.

Und im Widerschein der Flammen erkenne ich überdeutlich sein früh gealtertes Knabengesicht.

»Gabriel!«

»Gabriel!«

Die Luft heult. Das Dorf flammt und glüht unter Rauchwolken, die nicht weiterziehn. Ausgeblendet sind die Sterne, geschwärzt ist die Luft, die wir Himmel nannten.

Und im Morgengrauen dann, vom Wind herbeigetragen, hören wir hungrige Schreie und sehen die Krähen gen Werflo fliegen.